T0243847

El arado y la espada

THEODOR KALLIFATIDES

El arado y la espada

Traducción de
Carmen Montes Cano
y Eva Gamundi Alcaide

Galaxia Gutenberg

Galaxia Gutenberg,
Premio Todostuslibros al Mejor Proyecto Editorial, 2023,
otorgado por CEGAL (Confederación Española de Gremios
y Asociaciones de Libreros).

SWEDISH
ARTSCOUNCIL

Esta traducción ha recibido una ayuda del Swedish Arts Council.

Título de la edición original: *Plogen och svärdet*
Traducción del sueco: Carmen Montes Cano y Eva Gamundi Alcaide

Publicado por
Galaxia Gutenberg, S.L.
Av. Diagonal, 361, 2.º 1.ª
08037-Barcelona
info@galaxiagutenberg.com
www.galaxiagutenberg.com

Primera edición: mayo de 2024

© Theodor Kallifatides, 1975, 2024
© de la traducción: Carmen Montes Cano y Eva Gamundi Alcaide, 2024
© Galaxia Gutenberg, S.L., 2024

Preimpresión: Maria Garcia
Impresión y encuadernación: Romanyà-Valls
Sant Joan Baptista, 35, La Torre de Claramunt-Barcelona
Depósito legal: B 78-2024
ISBN: 978-84-19738-91-2

Para mis hermanos

TODO AQUELLO QUE QUEDÓ

La noche de la liberación

El tío Stelios abre la ventana que da a la calle. En Yalós es de noche y reina el silencio. Un silencio denso, en el que la gente duerme o simplemente cierra los ojos y deja de buscar palabras, puesto que todas las palabras están dichas y todo lo que debía hacerse está hecho.

Es la primera noche de la liberación, una noche de mayo de 1944 y, en lo que respecta a Yalós, la guerra ha terminado. Los nazis se vieron obligados a retirarse no como vencedores, sino como perdedores. Por toda Grecia sopla un viento con el aroma del dulzor de la victoria, y el mundo se ha vuelto de repente más comprensible; un mundo de vencedores y de perdedores. Pero ya hay gente que recela de la victoria. Ya hay gente que sabe que nadie ha vencido, que todos han perdido y que pronto dará comienzo una nueva guerra.

Pero a esa gente también la envuelve el mismo silencio cansado. Algunos duermen, otros velan. El tío Stelios no puede dormirse, no quiere dormirse. Vela por el día que ha transcurrido. Los mayores siempre han velado por el pasado.

Va y viene por el dormitorio. Se desplaza de una ventana a la otra. La primera vez en cuatro años que no las tienen cerradas a cal y canto.

Las ventanas han vuelto a ser ventanas. Ya no son una mirilla. Las ventanas han vuelto a ser lo que eran desde un principio: ojos. Por ellas se puede mirar hacia dentro, hacia fuera.

El tío Stelios está encantado con sus ventanas. Las reconoce, y una ternura asombrosa se apodera de su corazón. Va de una a otra y las acaricia despacio, sus manos viejísimas están ásperas después de cuatro años de trabajos forzados en aquel aeropuerto sin sentido, pero la madera es más áspera todavía y, aun así, cede.

El viejo es demasiado viejo para dejarse engañar por la complacencia de las cosas. Se da cuenta de que los listones se están pudriendo y decide que mañana mismo emprenderá los trabajos de reparación.

Pero mañana mismo puede ser demasiado tarde. Esa es la trampa secreta de la vejez. Cuanto menos nos dejamos engañar, tanto más a menudo comprobamos que es demasiado tarde.

La casa ha envejecido, y el tío Stelios también. Pero la casa recuperó los ojos cuando las ventanas volvieron a ser ventanas, mientras que el tío Stelios está perdiendo la vista.

Últimamente está cubriendo sus ojos azules una película gris. Al principio pensó que sería algo pasajero y se los frotaba con todo el dorso de la mano como un niño pequeño.

Pero la película no se iba. Se quedó entre él y las cosas, entre él y los demás, como un muro, hasta que se convirtió en el centro indiscutible y fallido de la existencia.

El anciano va y viene por su dormitorio y, sin saberlo, se prepara para una vida en la oscuridad que se avecina. Da pasos regulares y vacilantes; extiende hacia delante el brazo derecho de un modo inconsciente pero tenaz, como los cuernos con ojos de un caracol. En algún punto de su interior la ceguera ya ha arraigado, igual que la muerte.

Pero el tío Stelios no piensa rendirse, piensa resistir, no piensa ceder hasta que no tenga una historia graciosa que contar sobre su propia muerte. Aunque tal vez sea demasiado tarde para eso también. No porque se hayan acabado las historias graciosas, sino porque el tío Stelios ya no tiene ganas de inventárselas.

La película gris que le cubre los ojos es un impedimento, el mundo está apagado y distante, y el mundo no es divertido si no es nítido y tangible. El mundo se ha distanciado del tío Stelios por medio de una fina mucosa gris.

Va a la cocina a lavarse la cara y a beberse un vaso de agua. Pero, cuando se encuentra ante el fregadero y mira inseguro hacia el pueblo por la ventanita de la cocina, se ríe para sus adentros y llena un cubo enorme con agua fría, que se echa por encima con gritos de regocijo.

–Que la muerte me lama el culo –dice son una sonrisa socarrona, y se da unas palmadas en las nalgas que tantas sillas de cafés han desgastado a lo largo de toda su vida.

–Un trasero de oro –dice animándose a sí mismo, y piensa en los millones de dracmas que, después de la inflación, hicieron las veces de papel higiénico.

Luego vuelve a llenar el cubo y entra en la habitación contigua, donde suele dormir su nieto, Minos. Pero Minos no está en la cama.

El tío Stelios se queda empapado delante de la cama con el cubo lleno de agua en las manos mientras el desasosiego se apodera de él. Su repentina alegría desmedida se aplaca de golpe.

Por lo que a él se refiere, esa noche tan feliz ha terminado. En Yalós ya no hay nada duradero; ni la alegría ni la pena ni el silencio. Lo único que dura es Yalós mismo, y el mito de Yalós.

La guerra ha terminado, pero la familia del anciano sigue dispersa por los cuatro puntos cardinales. Su yerno, el maestro, continúa en la cárcel. Los presos de los alemanes son hoy por hoy los presos de los griegos. Los alemanes les entregaron las cárceles a los traidores griegos, los batallones de seguridad, que eran más temidos que los propios alemanes. El nazismo seguía vivo. Grecia era una tierra fértil para la semilla de Hitler.

De modo que el maestro continúa en la cárcel. Antonia, la mujer del maestro, hija del tío Stelios, tampoco está. Se ha mudado con un familiar a Esparta, cerca de la cárcel para poder visitar al maestro las pocas veces que le dan permiso.

Los presos necesitan toda la ayuda que se les pueda dar. Necesitan ropa, comida, medicamentos, pero, sobre todo, necesitan saber que sus mujeres y sus hijos los esperan, los echan de menos y desean que vuelvan.

Antonia, que aún es joven y guapa, se disfraza hasta hacerse irreconocible. Se pone los trapos más andrajosos que encuentra, cambia su forma de andar y nadie presta atención a la mujer en la que se convierte. Ni vieja ni joven, ni guapa ni fea. Una mujer que no es nadie, como el viejo y astuto Ulises cuando engañó a Polifemo, el gigante de un solo ojo.

Los yalitas han tenido que engañar a Polifemo muchas veces. Y muchas veces se han visto obligados a convertirse en nadie y en nada para sobrevivir. Ha habido épocas y años en los que sólo la vegetación sobrevivía a la maldad y a la venganza de los seres humanos. Ha habido épocas y años en los que los seres humanos tenían que transformarse en vegetación para ver la luz del sol un día más.

El tío Stelios piensa en sus hijos y en sus nietos. La tormenta los ha dispersado. Aunque se cuenten entre los que han tenido suerte, puesto que aún no ha muerto nadie de la familia, aún no han asesinado a nadie.

Pero en Yalós hay muchas familias donde no queda ni un solo hombre con vida. Hay casas donde los espejos están cubiertos con telas negras, donde las mujeres solitarias persisten con su dolor en habitaciones silenciosas y camas vacías y luchan por estrangular los gritos que se les agolpan en el pecho y quieren salir, llegar a Yalós y a la gente.

Pero los demás o están asustados o se han ahogado en sus propias penas. Muchos en Yalós han enmudecido después de cuatro años de ocupación alemana.

Los yalitas son muy celosos de su dignidad. El llanto y las lamentaciones tienen su momento. El silencio tiene el suyo. El del silencio es el que más dura. Pero el tío Stelios no se desespera. Sabe que el silencio acabará por romperse.

Allí delante de sus ventanas, que vuelven a ser ventanas, siente una confianza profunda, casi dolorosa e inevitable. ¡Todo va a cambiar a mejor!

El maestro volverá, la hija volverá. Los dos nietos que llevan dos años desaparecidos también volverán. Y se sentarán todos juntos a una mesa larga, el tío Stelios y su mujer Maria la Santa, y toda la vida que ellos dos han traído al mundo se sentará a su alrededor.

El tío Stelios piensa en los años pasados. Piensa en todas las personas que vinieron y se fueron del pueblo; alemanes e italianos, gente de ciudades y pueblos, jóvenes y ancianos, mujeres y niños.

Yalós era un pueblo rico. Si había algún lugar donde quedaba un pedazo de pan, era Yalós. Aun así, pasaron hambre. Aunque nadie murió de inanición como en las grandes ciudades.

Los olivos daban su fruto sagrado, los almendros daban almendras y con las bellotas hacían café. Siempre tenían algo con lo que calmar el estómago, y cuando ya no quedaba nada, tenían el vino, el vino claro y aromático que aliviaba los sentidos de tal modo que incluso Josef el Perro, el cabo alemán, llegaba a comportarse como una persona.

Pero aquello no ocurría a menudo. Josef el Perro había convertido en el objetivo de su vida subyugar a los yalitas. Nunca los subyugó. Con su aeropuerto sucedió lo mismo que con el resto de los monumentos de Yalós; nunca llegaron a terminarlo, y el aeropuerto, al contrario que la iglesia a medio construir, nunca podrían inaugurarlo como ruinas.

Los yalitas eran vanidosos, pero no levantaban monumentos por vanidad, puesto que habían aprendido que los monumentos acaban derribados algún día. Habían aprendido que el único monumento conmemorativo que perdura son los huesos de los antepasados, y esos se hunden en las profundidades de la tierra, donde no llegan ni los perros ni los humanos.

Eso no lo sabía Josef el Perro. Quería construir su aeropuerto cuanto antes. El tío Stelios estuvo trabajando allí durante cuatro años. En ocasiones llegó a haber hasta cincuenta trabajadores. Pero debe de haber sido una de las pocas veces en la historia de la humanidad en la que cincuenta hombres acostumbrados a desbrozar y a cavar lograran tan poco.

En cuatro años de trabajos forzados, les dio tiempo de preparar un caminito en el que no podía aterrizar ni una hormiga. Josef el Perro ladraba y ladraba, pero de nada servía. Los trabajadores forzosos habían desarrollado una serie de métodos de ralentización sencillos, pero bastante eficaces; no paraban de escaparse al bosque, se desmayaban o sencillamente uno cavaba lo que otro hubiera cubierto.

El tío Stelios tenía un pasado particular con Josef el Perro por la cancioncilla difamatoria que se inventó sobre él. Además, el tío Stelios era el único que sabía un poco de alemán y con el tiempo ascendió a intérprete.

Fueron cuatro años estúpidos, crueles y sin sentido. El tío Stelios se pasaba todo el día gritando órdenes, los demás trabajadores forzosos no se lo tomaban en serio ni a él ni a Josef, sobre todo porque las palabras de Josef se traducían con mucha frivolidad y se comentaban con más frivolidad aún.

Fueron cuatro años estúpidos, crueles y sin sentido, pero ya habían quedado atrás. Ahora había que volver a empezar, ahora eran libres. Los alemanes y Josef habían abandonado el pueblo. Ahora Yalós se levantaría de nuevo. ¿O no se levantaría?

El anciano está preocupado y, como siempre que está preocupado, se dirige a la otra habitación para hablar con su mujer, pero Maria la Santa está durmiendo. Duerme como una niña pequeña con la cabeza bajo la almohada. Lo único que se ve es el cabello blanco, que se suelta para dormir.

El tío Stelios se queda indeciso delante de la cama. No quiere despertarla. Maria la Santa está cansada, muy cansada. También ella ha tenido que sufrir mucho, también ella ha envejecido.

Fue Maria la Santa la que, al cabo de unos cuantos días y noches de caminata, encontró al maestro en la cárcel de Esparta. Fue ella la que tuvo que cuidar de Rebeca, la niña judía, cuyos padres hubieron de huir a la montaña cuando llegaron los alemanes. Fue Maria la Santa la que tuvo que reunir y repartir las aceitunas y el aceite de oliva y el pan hecho de maíz. Fue ella la que se preocupó de velar por todos cuando estuvieron enfermos, pese a que ella misma siempre había estado enferma, le dolía el pecho y le temblaban las manos. Pero sus grandes ojos castaños seguían brillando, y su cuerpo anciano siempre se levantaba para los quehaceres diarios.

Rebeca, sí. La pobre niña que vio tanto a su hermano como a su hermana yaciendo muertos, que tuvo que soportar acosos y padecimientos. Pero también esos padecimientos habían quedado atrás. La niña estaba más guapa cada día, su tez pálida emitía un brillo cada vez mayor y con sus pasos silenciosos colmaba de paz cualquier hogar.

¡Ojalá que ella y Minos pudieran casarse y vivir juntos! ¡Ojalá que tuvieran muchos hijos, hijos de color moreno claro como ellos dos juntos! ¡Ojalá que todo saliera como estaba pensado!

El tío Stelios se pone a rogar. El ateo empedernido se pilla in fraganti, como diría el jefe de la gendarmería. El tío Stelios ruega, pero no a Dios, por supuesto, aunque sea a Dios al que le habla.

Le ruega a la gente, les suplica desde lo más hondo de todos sus recuerdos felices. Pues el tío Stelios sabe que la gente puede llegar a ser feliz. En tiempos de desdicha, es un gran consuelo.

Sabe que las personas pueden hacerse felices mutuamente. Piensa en su madre; ya está muerta y enterrada, pero ella le dio la vida y también felicidad.

Abandonó un hogar próspero en Egipto para mudarse allí, a Yalós. Sólo pensaba en salvar a su hijo de la epidemia que estaba asolando aquel país y que ya le había costado la vida a su marido.

Llegó aquí, y nadie sabía por qué eligió Yalós de entre todos los lugares posibles. Dinero tenía, y podría haberse vuelto a casar y vivir en Atenas o en cualquier otra gran ciudad. Pero para ella la gran ciudad era lo mismo que la epidemia.

Cuidó del hijo como de una piedra preciosa y él se hizo un hombre, se casó y le trajo nietos y bisnietos, que ella perseguía con un bastón larguísimo como si fueran gallinas, sobre todo a Minos, que siempre robaba sal y la iba esparciendo por ahí, porque creía que la sal crecía de la tierra y le gustaba la idea de ver crecer un árbol de sal.

Pero ella los quería y, cuando se encontraba a las puertas de la muerte, todos se reunieron a su alrededor. Yacía inmóvil con una sonrisa tensa en los labios blancos, mientras les daba las últimas órdenes.

–¡Quereos hasta que los vientos del mundo se detengan! ¡Quereos hasta que se sequen las aguas del mar! Y más aún, ¡hasta el último día de vuestras vidas!

Y cerró los ojos y aquella sonrisa tensa se quedó rígida y el tío Stelios se arrojó a sus pies, los besó, los besó hasta que empezaron a sangrarle los labios.

Pronto le llegaría el turno a él. Pero ¿quién se reuniría en torno a su lecho de muerte? La familia era una sombra de lo que fue.

–Ahora sólo cabe esperar –masculló para sus adentros–. Ahora no es momento para la muerte. ¡Ahora vamos a volver a empezar!

El anciano regresa al cuarto de los niños, se quita la ropa mojada y se echa en la cama del nieto. Como es normal, Minos ha salido con los otros muchachos.

Hoy en día los niños viven su propia vida. Los padres de muchos de ellos han fallecido, otros siguen en la cárcel y en campos de concentración. Hay muchos padres en las montañas y otros muchos que están luchando contra ellos.

¿Qué será de esos niños? ¿Quién les va a enseñar a vencer con humildad y quién les va a enseñar a perder con serenidad?

El tío Stelios está preocupado; Minos, aquel niño dulce, se está distanciando de él. Se va a encontrar solo, muy solo. Y cuando piensa en la soledad le entra sueño, le pesan los párpados, susurra «El establecimiento está cerrado» y se duerme con un estrépito dentro de la cabeza, como cuando se echan las persianas metálicas de los comercios por las tardes.

Cuatro años después, el tío Stelios duerme con las ventanas abiertas. La noche entra en la casa y se apodera de ella. Los muebles crecen y se deslizan de aquí para allá, los adultos vagan en sueños por lugares conocidos y desconocidos, una humareda azul imaginaria de sueños flota sobre el pueblo como la mano de un dios, y sólo los niños permanecen en vela.

Una plaza en el aire

Minos no estaba en su cama. Tampoco Jristos el Negro, Yannis el Devoto ni Yorgos Bocagrande. Los cuatro amigos hacían equilibrio cada uno en su rama en lo alto del castaño. Pues su lugar de reunión se encontraba arriba del castaño, que en la generación anterior consideraban que tenía cuatrocientos años, pero que ya había llegado a celebrar su sexto centenario. Los árboles crecen rápido y para cada generación de yalitas el castaño envejecía varios cientos de años. No era irrelevante lo alto que se sentara uno en el castaño. El antiguo árbol no sólo servía de lugar de encuentro para los cuatro amigos. Todos los muchachos yalitas adoraban el castaño, pero ¡no a todos se les permitía disponer de su propia rama!

La cuestión de quién podía sentarse en lo más alto había provocado un sinfín de amargas disputas entre distintas bandas. Por la sencilla razón de que los que se colocaban arriba del todo se meaban, se cagaban y se pajeaban sobre las cabezas de los de las plantas inferiores.

El castaño era como un bloque de pisos, incluso había portero. De modo que los cuatro amigos tenían su morada arriba del todo, y en lo más alto vivía Jristos el Negro, su líder, que sólo debía temer las cagadas de los pájaros.

La planta inferior la habitaba otra banda de cuatro muchachos cuyo apodo era los Fratelli, porque uno de ellos había oído una vez esa palabra tan rara y desde entonces hablaba de Fratelli, cuyo significado ignoraba.

Los padres de los Fratelli no es que fueran precisamente colaboracionistas, pero en secreto cooperaban tanto con los italianos como con los alemanes.

A la banda de Jristos el Negro, en cambio, la llamaban los Búlgaros, porque sus padres estaban involucrados en la guerra de resistencia de una u otra forma.

Los Búlgaros se llamaban a sí mismos El Martillo Rojo, mientras que los Fratelli habían escogido el nombre de Los Blanquiazules, los colores de la bandera griega. Debajo de los Fratelli se encontraba un grupo de tres muchachos que no se metían en política. Se dedicaban sobre todo a disfrutar de las guerras de los otros, hacían de jueces, vendían y compraban y se sentían mejor que nadie, a pesar de que tenían que estar siempre pendientes de los objetos que les caían de arriba, que no eran precisamente flores de castaño.

A este grupo, los Búlgaros y los Fratelli los llamaban los Paliduchos, en tanto que ellos no habían querido ponerse ningún nombre en particular.

Abajo del todo había un pájaro solitario. Se llamaba Alekos, pero nadie excepto su madre lo llamaba así. Las demás bandas utilizaban distintos nombres para referirse a él.

La banda de izquierdas lo llamaba Brócoli. Se desconoce el motivo. La banda de derechas lo llamaba El Tigre. El motivo era de sobra conocido.

Alekos y otro muchacho al que llamaban Alubias Pintas habían acabado llegando a las manos. Después de una pelea breve, Alubias Pintas logró tumbar a Alekos boca arriba, y acto seguido remató la llave sentándosele en el pecho y presionándole la garganta con la rodilla.

Alekos estaba completamente morado, apenas podía respirar, pero consiguió con gran esfuerzo decir las siguientes palabras:

−¿Quieres que te dé otra tunda? −le preguntó a Alubias Pintas, que de puro asombro aflojó la llave, y entonces Alekos le mordió la oreja al tiempo que decía−: ¡El Tigre no se rinde nunca!

A partir de ahí la contienda degeneró en comedia, y el resto de los muchachos que había por allí les dieron a los dos una buena paliza, porque los habían privado de una pelea en condiciones.

Los Paliduchos llamaban a Alekos El Salmista, puesto que Alekos había sido aprendiz de uno de los salmistas de la iglesia y a veces entonaba cantos subido al árbol mientras que los de más arriba se pajeaban o se cagaban.

Pero Alekos no era ningún tonto. Se había agenciado una buena red que colocó extendida por encima de la cabeza y allí debajo estaba a resguardo de todo, a excepción de las precipitaciones líquidas.

Sin embargo, esa tarde los cuatro amigos estaban solos, al menos de momento. Se habían colocado cada uno en su rama. Jristos el Negro arriba del todo, Minos a su derecha, a su izquierda se había sentado Yannis el Devoto y en la rama de abajo estaba Yorgos Bocagrande.

La jerarquía era rigurosa y cristalina, pero no estaba tan claro qué era lo que la había originado. No fue una jerarquía que surgiera de un día para otro después de una dramática pugna por el poder, como la gente se imagina. La lucha por el poder venía de lejos.

Los cuatro se esforzaban por dominar el grupo. A veces luchaban todos contra uno, a veces los tres contra Yannis, y a veces, Yannis y Yorgos contra Minos y Jristos.

Competían día y noche por ver quién cumpliría mejor los requisitos que el pueblo de Yalós imponía a cualquier líder desde hacía cientos de años. Eran unos requisitos rigurosos: hombría, valentía, picardía; todo contaba y todo se medía minuciosamente.

La lucha por el poder se complicaba por el hecho de que los muchachos también eran amigos. Se les notaba y a ellos les gustaba demostrarlo. Iban cogidos por los hombros, la gente veía las miradas cariñosas que se lanzaban, disfrutaban de los éxitos de los demás en la medida en que alguno de ellos tenía éxito con algo.

Pero la lucha por el poder terminó resolviéndose al final. Reconocieron a Jristos el Negro como líder. Sucedió después de que salvara a Minos de una humillación muy grave.

Por ser cría de comunista, a Minos lo atrapó una banda de derechas que lo llevó a rastras hasta el Rabión, el arroyo, donde tenían intención de castigarlo. El castigo consistiría en bajarle los pantalones para escupirle en los genitales. Aquello era un asunto muy serio para los muchachos yalitas. Si a uno le escupían en el miembro y en el escroto, nunca más se podría hacer valer en serio. Que te echaran un escupitajo en la cara contaba, claro está, pero no era para tanto. Un escupitajo en la cara siempre te lo puedes secar con un pañuelo, pero un escupitajo en los huevos sólo se limpia con sangre.

Minos esperaba su destino con resignación, pero de repente apareció Jristos el Negro de la nada y empezó a lanzar un montón de piedras con el tirachinas a quienes lo estaban atormentando.

Aunque fue innecesario, porque ya con la primera piedra logró darle en plena frente al líder de la banda, de modo que empezó a correrle sangre por la cara. La batalla estaba decidida. Los demás salieron corriendo mientras Jristos el Negro les iba soltando tacos poco imaginativos.

Así se ganó el corazón de Minos y eso era importante, aunque no decisivo. Un líder debe tener un súbdito dócil y ahora Jristos lo tenía, pero los otros dos no cedieron con tanta facilidad. Pasó un poco más de tiempo hasta que Jristos conquistó el liderazgo definitivamente.

La lucha por el poder fue tan dura mientras se desarrollaba como dura fue la disciplina después de su conclusión. Los otros tres muchachos estaban orgullosos de su líder, y eso se notaba. Siempre había cierta distancia entre Jristos y sus muchachos.

Él siempre daba el primer paso, sus palabras eran ley. Parecía que el grupo había logrado satisfacer una necesidad decisiva. Los cuatro amigos se habían convertido en una banda.

Subidos en el castaño podían hablar unos con otros, preparar intervenciones y recordar. Pues había llegado el momento de los recuerdos. El propio árbol era un monumento floreciente dedicado al pastelero que se ahorcó allí, a los fusilamientos de los alemanes, a la vergüenza, al dolor y a la alegría de Yalós.

El árbol había sobrevivido a todos, brotaba en primavera, jugaba con sus miles de hojas creando una imagen ilusoria, el árbol daba a la gente sombra y un silencio ambiguo, les daba una nube verde que los protegía del lejano cielo.

El árbol era la frontera de Yalós con lo de arriba.

La banda

Jristos el Negro nunca llegó a conocer a su padre. Lo llamaban el Negro porque era muy moreno, más moreno que ningún yalita que nadie pudiera recordar. Pero el color de piel no era la única razón; los yalitas percibían en Jristos una determinación oscura, un *pathos* negro que lo ponía a la misma altura que todos los héroes y demonios yalitas anteriores. Jristos sólo había oído hablar de su padre, y sí que se hablaba mucho, pero no muy alto. El padre era un gitano que deambulaba por los pueblos y vendía joyas baratas que hacía él mismo. Pero las joyas son joyas, aunque sean baratas.

La muchacha que llegaría a ser la madre de Jristos tenía dos cualidades: le gustaban mucho las joyas y no pensaba más allá de lo que le alcanzaba la nariz, y tenía una nariz pequeñísima.

Iba cada dos por tres a la tienda del gitano para admirar los brillantes brazaletes, pendientes y collares, y se quedó embarazada. Cómo habrá ocurrido, pensaba la muchacha, pero no más allá de lo que le alcanzaba la nariz.

Su padre se planteó matarlos a ella y al gitano, pero era su única hija y la quería. De modo que acudió al gitano y le ofreció que se casara con la hija y que se quedara en el pueblo. También les daría una parcela de tierra lo bastante grande para alimentarlos a los dos y a su hijo.

Naturalmente, el gitano se dio cuenta de que la oferta era ventajosa, además se dio cuenta de que, si no la aceptaba, iba a terminar en cualquier sitio con un puñal entre los omóplatos. Seducir a las hijas de los demás no estaba exento de peligro y él lo sabía. Así que se convirtió al cristianismo, se casó y se quedó en el pueblo. Aunque no por mucho tiempo.

Para un gitano adulto no era fácil hacerse cristiano, puesto que según las reglas de la iglesia griega hay que bautizarlo como se bautiza a un recién nacido, es decir, tiene que estar completamente desnudo, y no podía ser que tuvieran allí completamente desnudo a un gitano cuya polla tocaba el suelo de la iglesia, entre los santos y los ángeles y las mujeres yalitas. Pero el sacerdote transigió.

El pueblo entero estaba reunido. Nadie se iba a perder aquel bautizo insólito. El gitano llegó a la iglesia con un bañador de rayas, un pez pagano grande y negro que tendría acceso al paraíso al bañarse en unos cuantos litros de agua, que estaba muy caliente porque el sacerdote había dado órdenes de que así fuera, ya que él también tendría que divertirse un poco.

Cuando el gitano se metió en el barreño bautismal soltó un grito, y las mujeres mayores se santiguaron porque creían que era el alma pagana del gitano, que perecía entre lamentos. El tío Stelios fue el único que pensó en el sufrimiento del gitano al ver que el agua despedía vapor.

El sacerdote sonrió, bastante satisfecho con su ocurrencia, y leyó las palabras que tenía que leer con una distancia irónica en la voz, sobre todo cuando vertía el agua bendecida por la cabeza del gitano y el gitano debía de sentirse como un mártir, si es que sabía lo que era eso, pero resistió.

Porque después del bautizo vino la boda, y después de la boda, varios meses de felicidad. Los jóvenes casados rara vez salían de su dormitorio, y de allí provenían sin cesar risas y gritos entusiastas. Por supuesto, los yalitas tenían alguna que otra cosa que decir al respecto, pero ¿qué más daba?

Cuando la sangre es joven y está caliente, cuando te entran ganas de reír al ver el pelo ondulado de tu marido o tu mujer, cuando los cuerpos se acarician, incluso aunque estén alejados el uno del otro, entonces no sólo eres capaz de aguantar a los yalitas, sino a un mundo entero lleno de yalitas.

A menos que seas gitano, claro, porque si eres gitano no lo soportas, no soportas quedarte en el pueblo. Quieres seguir, hay otros pueblos, hay otras muchachas a las que les encantan las joyas y que no piensan más allá de lo que les alcanza la nariz. El gitano desapareció una noche tan oscura como su piel. Por suerte para él, la mujer a la que había despreciado no tenía ni hermanos ni primos, de lo contrario no habría llegado muy lejos. El padre no se molestó en abandonar sus propiedades a lo loco en busca del fugitivo.

De modo que el gitano huyó, y su mujer le dio un hijo, como dice la Biblia, un hijo que él nunca llegaría a ver. Jristos nació tan oscuro como su padre. Tenía la mirada rápida de su padre y cuando se reía se le veían todos los dientes, como a su madre. La boca le relucía como si estuviera masticando un pedazo de sol.

Los yalitas lo aceptaron en parte porque nació dentro del matrimonio y en parte porque su abuelo era un yalita de bien, un título casi de carácter burocrático, puesto que uno no necesitaba hacer nada para obtenerlo.

La madre de Jristos no estaba muy afligida por la marcha del marido. En parte porque tenía la barriga llena, en parte porque no podía evitar mirarse en el espejo y le gustaba lo que veía reflejado.

Se había hecho mujer. Los meses que pasó con el cálido cuerpo del gitano cerca del suyo habían transformado a la muchacha aficionada a las joyas en una mujer madura, cuyo cuerpo respiraba deseo y placer. Había encontrado una felicidad que nadie le podría arrebatar.

Jristos el Negro desde luego no echaba de menos a un padre al que nunca había conocido. Además, empezó a percibir bastante pronto las ondas que se ponían en movimiento cuando su madre y él paseaban al caer la tarde por el Paseo de Yalós. Estaba orgulloso de ella.

—Tengo la madre más guapa del mundo —decía siempre.

Nunca lo castigaba por nada, y Jristos el Negro era el único niño yalita que se había criado rodeado de un amor incondicional, tan generoso a veces que podía confundirse con la indiferencia.

Cuando los alemanes ocuparon el pueblo, la madre de Jristos se dio cuenta de que le iba a resultar muy difícil resistirse a todos esos jóvenes soldados rubios que olían tan bien. Dejó a Jristos con sus padres y se mudó con unos familiares a un pueblo de montaña remoto, al que los alemanes rara vez acudían.

Pero allí donde no acudían los alemanes, acudían los partisanos. La madre de Jristos volvía a estar en peligro, o sea, en el campo de fuerza de los hombres, pero esta vez el riesgo de que la mancillaran implicaba obligaciones patrióticas. De modo que acompañaba a un grupo partisano como enfermera y cocinera.

Cada vez había más mujeres que participaban en la guerra de resistencia. Mujeres cuyos maridos habían muerto asesinados o en campos de concentración, hijas solitarias como Karina la Bella o mujeres que sencillamente no tenían adónde ir.

Jristos se quedó con sus abuelos, pero su madre le dijo a través de un pastor que siempre pensaba en él y que iba a volver pronto, en cuanto los cerdos de los nazis hubieran desaparecido. Mientras tanto, le daría dos hermanos, pero Jristos no tenía nada que objetar y, aunque lo hubiera tenido, ella jamás habría tenido noticia de sus objeciones, puesto que al pastor que llevaba el mensaje lo detuvieron los alemanes y lo deportaron a Alemania a pastorear judíos.

Así que Jristos el Negro se quedó solo con los ancianos, que no eran capaces de impedirle todas las locuras que se le iban ocurriendo.

Jristos el Negro tenía ya doce años, era enjuto y delgado como el brote de una raíz, y había llegado a levantar un par de faldas, según afirmaba. Era el príncipe de su banda, a la que habían convocado esa noche, la primera noche libre, para fumarse en secreto unos cigarros que Yannis el Devoto le había robado a su abuelo paterno. Pero no sólo para eso.

Yannis el Devoto tenía el aspecto del niño con el que soñaban las madres yalitas. Parecía un caramelo; redondo y rosado, con una sonrisa que alternaba entre la inocencia y la ignorancia. Nadie sospecharía jamás que él hubiera cometido ninguna fechoría. En realidad, Yannis el Devoto era el maestro reconocido de la banda para todo tipo de robos.

Era el hijo de uno de los tres hermanos albañiles de los que se pensaba que portaban el sol en los hombros por lo rubios que eran. Al padre lo ejecutaron los alemanes junto con el hermano de Rebeca, Markus, y otros ocho hombres de Yalós como represalia.

Yannis el Devoto fue corriendo tras el enorme camión alemán, fue corriendo en medio de la nube de polvo que se levantaba detrás y en el camión se encontraba su padre, que iba a enfrentarse a la muerte con los demás.

Ese fue el día en que Yannis el Devoto robó por primera vez. Pasó por un puesto de fruta y, rápido como una víbora, agarró una sandía y la lanzó contra el camión.

Los condenados a muerte atraparon la sandía y el padre de Yannis gritó algo, pero Yannis sólo oyó unas palabras sueltas en medio de todo el ruido que había a su alrededor, todas las mujeres que lloraban y se lamentaban y maldecían a los alemanes.

Pese a todo, Yannis había oído unas palabras, «bendita humedad... No te olvides...», y siguió corriendo tras el camión hasta que se quedó solo. Los demás no tuvieron fuerzas para seguir. Yannis se quedó solo entre el camión y el polvo y el llanto que sonaba detrás y los condenados a muerte que iban delante, y el padre sostenía la sandía por encima de la cabeza y le sonreía a Yannis, su cabello rubio siguió brillando al sol hasta que los pulmones de Yannis se negaron a coger más aire, se le nublaron los ojos y se desplomó en aquel camino polvoriento, se desplomó a la luz de su padre, y tenía nueve años.

Pero ya no tenía nueve años. Cuando volvió a ponerse de pie y, con movimientos ausentes, se sacudió el polvo de la ropa, fue como si se sacudiera también toda su infancia.

Todos aquellos días y noches felices cayeron como motas de polvo, se fue desnudando cada vez más hasta que ya no quedaba otra cosa que ese cuerpo de niño rechoncho, sin alma y sin memoria.

Un nuevo vacío imprevisto se apoderó del joven muchacho al tiempo que se formaba un violento torbellino justo delante de él, bailaba a su alrededor como si Yannis fuera un árbol solitario, y Maria la Santa se persignó, pues, según la creencia popular, si acabas en medio de un torbellino pierdes el alma.

Yannis el Devoto perdió su alma. ¿Quién sabe adónde fue a parar el torbellino?

Mucho después, cuando Yannis ya llevara muerto bastante tiempo, las madres le hablarían de él a sus hijos, Yannis llegaría a convertirse en una historia de terror, y los niños buscarían cobijo cuando oyeran el zumbido taimado del viento.

Pero Yannis el Devoto aún no estaba muerto. Apenas tenía doce años y todos los hortelanos le temían. Era el jefe de la organización de la banda. Era el que sabía qué huertas podían saquear. Uno de los principales entretenimientos de la banda consistía en robar sandías que después lanzaban contra el suelo y que explotaban como granadas de mano con un ruido sordo.

Sabía cuántas monedas había en cada cepillo de las iglesias y no le temblaba el pulso a la hora de birlar a los santos el dinero de los fieles.

–¿Y qué van a hacer los santos con la guita? –preguntaba–. ¿Van a comprarse caramelos?

No dudaba en desafiar a Dios. Había dejado de hacer el ayuno que prescribía la versión yalita del cristianismo y, cuando los demás sólo comían pan y sólo bebían agua, él comía huevos y carne si había.

Una vez al año, cuando los niños del colegio tenían que confesarse obligatoriamente, Yannis el Devoto iba a la iglesia y respondía a las preguntas maliciosas del sacerdote con mentiras y fantasías.

El sacerdote siempre les preguntaba a los muchachos si cometían el pecado solitario, es decir, si se hacían pajas, y Yannis el Devoto le respondió que en su humilde opinión no era ningún pecado jugar con una cosa que te había proporcionado el propio Dios.

El sacerdote estaba desconcertado, aunque no dijo nada en ese momento. Pero cuando fue a absolver a Yannis y le puso la palma derecha sobre la cabeza, aprovechó para darle al pecador un par de bendiciones un poco más fuertes, hasta el punto de que Yannis se quejó, porque la última la había notado de verdad.

Sin embargo, la ocurrencia del sacerdote tuvo su respuesta. Cuando Yannis fue a besarle la mano, le mordió el meñique.

Todo esto sucedió en silencio, una de las innumerables tragedias que tienen lugar durante la confesión.

Pero desde entonces a Yannis lo llamaban Yannis el Devoto. Los yalitas desarrollan pronto el sentido de la ironía.

En cambio Bocagrande, el apodo de Yorgos, no tenía nada de irónico. Puesto que, si bien no sabía nada más, sí que dominaba el arte de hablar. Era capaz de dejar desmayados con su conversación a los amigos, a niños de otras bandas y, por supuesto, a todos los adultos.

No había freno para aquel torrente de palabras. La boca de Yorgos no paraba y, si no estaba hablando, entonces cantaba y, si no cantaba, entonces silbaba, y ni en sueños podía descansar, sino que continuaba hablando.

Su papel en la banda no estaba tan bien definido como el del resto. No era el líder ni el segundo del líder, porque ese era Minos. Tampoco era el que lo organizaba todo, porque ese era Yannis el Devoto. Bocagrande era como un chico para todo que se ocupaba de las tareas para las que los demás se creían demasiado distinguidos.

Antes había otro miembro en el grupo. Babis el Cabeza, al que llamaban así porque tenía un cráneo enorme, pero a Babis lo alcanzó una bomba durante los ataques nocturnos a Yalós y se fue al infierno, como los demás muchachos decían siempre.

El padre de Yorgos Bocagrande era uno de los pequeños terratenientes mejor posicionados de Yalós. Pero acabó desatando la ira de Josef el Perro porque se negó a entregar su mejor mula, un precioso animal gigantesco que, no se sabía por qué, respondía al nombre de la Viuda.

Josef se llevó a la Viuda de todos modos, pero no perdonó el desafío. En cuanto tuvo oportunidad, seleccionó al padre de Bocagrande y lo destinó a Alemania. Desde entonces no se había vuelto a saber de él. Por su parte, Bocagrande tenía una teoría.

–Mi padre habrá pillado algún coño alemán con el que entretenerse, seguro –decía siempre.

En realidad, su padre estaba prácticamente agonizante a su llegada al campo de Dachau. El viaje había sido demasiado penoso, estuvieron una semana sin darles nada de comida ni agua a los presos.

El tren entero apestaba con las heces de los deportados, la gente iba apilada, iban unos encima de otros como sardinas, exhaustos, hambrientos, enfermos. El padre de Bocagrande había acabado en un tren de judíos, en uno de aquellos ataúdes con ruedas.

Pero Bocagrande no sabía nada de eso. Soñaba con su padre tumbado entre blancos muslos alemanes.

Bocagrande fue el más precoz de la banda en lo que a secretos sexuales se refería, y esos secretos eran un tema nuevo y amplio dentro de su ya rico registro.

Los demás estaban preocupados por el pajerío desenfrenado de Bocagrande, se pasaba prácticamente el día entero pajeándose. En una ocasión, Yannis el Devoto y Minos llegaron a contar once tandas en las horas de una tarde.

Tenía la cara llena de granos, que no le preocupaban lo más mínimo.

–Lo mejor es quitárselos a base de pajas –confió a sus amigos.

Intentaron que cambiara de idea, porque si te haces demasiadas pajas se te tuerce la espalda, pero Bocagrande no quería saber nada del tema.

–Que se te tuerce la espalda... –decía riéndose–. ¡Lo fundamental es que no se te tuerza la polla! –Y ahí quedaba la cosa.

Por supuesto, los demás muchachos tenían sus deseos, pero también habían alcanzado el orgullo de la virilidad, que prohíbe que te entregues sin control a los placeres sexuales solitarios. Sólo podían apaciguar su recién adquirida virilidad con el suave cuerpo de una mujer, pero conseguir a una mujer era imposible.

Antaño, antes de que estallara la guerra y de que en Yalós empezaran a construir la iglesia que nunca llegaron a terminar, había un burdel muy coqueto, La Francesa, donde la juventud del pueblo podía iniciarse en el arte del amor por poquísimo dinero, porque las putas ofrecían un descuento especial por la primera vez, pero ahora las putas se habían mudado a las grandes ciudades.

Los muchachos de Yalós tenían o que desplazarse allí, y eso costaba un montón de dinero, o que intentarlo con una oveja o con una cabra. Aunque la oveja se consideraba mejor.

La casa que albergaba el burdel, en cambio, seguía allí, pero vacía, puesto que ningún yalita se atrevía a residir en ella, porque aún había gente que venía desde otros pueblos en medio de la noche, borrachos como burros en mayo, y que se ponían a aporrear la puerta gritando:

–¡Abrid, muchachas, o echamos la puerta abajo de un empujón!

El alcalde, que era el hermano del anterior alcalde y al que, para no confundirlo con él, llamaban Dimitreas el Pequeño, echaba de menos a las putas tanto como los demás. Pero se vio obligado a ordenar que pintaran en la fachada de La Francesa, en grandes letras de luto:

«Esto ya no es un burdel.»

Esa misma noche, Bocagrande se subió y pintó en letras aún más grandes: POR DESGRACIA.

En Yalós era muy frecuente la guerra de carteles. Si alguien quería vender una yegua escribía una nota y la colgaba en el café:

«Yegua joven y fuerte a la venta.»

Una hora después aparecía otra nota colgada debajo de esa:

«¿Quién va a ser tan bobo como para comprar a una vieja sin dientes?»

Bocagrande era uno de los escribientes nocturnos más aplicados de la historia de Yalós. Nunca dejaba ningún mensaje sin comentario.

La banda de Jristos el Negro era una banda de izquierdas. La mayoría del resto de las bandas era de derechas. Y así sucedía también en el mundo adulto. Pero había ocasiones en las que todas las bandas de Yalós unían sus fuerzas para luchar contra las bandas del pueblo vecino, que a veces cruzaban el puente y provocaban peleas. A veces los muchachos yalitas también empezaban ataques así.

Los muchachos adoptaron la costumbre de colocar guardias a ambos lados del puente. Los guardias tenían tirachinas y, cuando no se estaban insultando, estaban tirándose piedras.

A veces estos enfrentamientos fronterizos se transformaban en verdaderas batallas entre los dos pueblos. A muchos les habían alcanzado en la cabeza con una piedra y a muchos les habían rasgado los pantalones para escupirles en el lugar sagrado.

Los adultos no participaban en las batallas. Pero en ocasiones se quedaban en la retaguardia y se encargaban de la estrategia. Tanto Yalós como el otro pueblo contaban con sus estrategas de cabecera.

Pero los adultos no sólo hacían las veces de generales, sino también de árbitros del combate. Pobre de aquel muchacho que mostrara signos de cobardía durante la batalla. Jóvenes y mayores se reían y se burlaban de él. Yorgos Bocagrande fue una de esas víctimas. Se encontró con una patrulla del pueblo vecino y volvió corriendo a su casa en lugar de luchar hasta el amargo final. Como es lógico todo el mundo se enteró, y las aspiraciones de liderazgo de Bocagrande quedaron lamentablemente truncadas. Pero eso no fue lo peor. Aún peor fue que todos le gritaban «Cobardica» o «Cagueta», entre otros insultos. Los adultos consideraban un deber darle un tirón de orejas cuando se lo cruzaban, para recordarle su traición a la patria.

Nadie sabe cómo habría terminado la cosa si la banda de Jristos el Negro no hubiera protegido a Yorgos y le hubiera dado la oportunidad de recuperar su honor meándose en la boca de un muchacho del otro pueblo mientras este dormía en su casa y en su cama.

Los muchachos competían entre sí en todo; desde quién era capaz de correr más rápido hasta quién era capaz de escupir más lejos. Pero el verdadero problema o, más bien, la verdadera competición era quién encontraría una muchacha.

Las muchachas de Yalós no eran fáciles de conseguir. Salían al Paseo los sábados por la tarde como mínimo de dos en dos, iban cogidas de la cintura, suspiraban y se reían y a veces se permitían alguna que otra broma, cuando sus pasos se cruzaban con los pasos de los muchachos con la convicción suprema de que estaban a salvo, de que los muchachos seguirían allí siempre igual de anhelantes.

La única excusa era que la juventud de las muchachas no duraba demasiado, pero mientras duraba era como una llama con mil lenguas, sin dirección, pródiga, porque todos podían mirarla, y tacaña, porque nadie podía tocarla. Una fuente de calor que no calentaba a nadie.

Pero aparte de eso, también estaba la vigilancia que los adultos ejercían con bastante rigor. Además, resulta que la mayoría de las muchachas tenía hermanos y, si no tenían hermanos, tenían primos, aunque casi todas tenían de los dos.

Los hermanos y los primos eran aún más celosos si cabe que los adultos de la virginidad de las muchachas. Ningún desgraciado podía ir por ahí alardeando de haberse tirado a la hermana o a la prima.

El único al que le daba igual la idea del honor era Yannis el Devoto, que tenía dos primas. Presumía de haberse «chingado» a las dos.

Puede que fuera cierto. Después de todo, esas primas eran las únicas muchachas que iban con la banda debajo del puente. El puente era el dormitorio común de Yalós. El castaño era una plaza en el aire y el ojo del puente era la alcoba subterránea.

Allí estaba oscuro y hacía fresco y los adultos rara vez tenían motivos para acudir. Además, quedaban sábanas desde que Maria la de la muerte en los talones viviera en aquel lugar, Maria, que primero perdió siete hijos y después perdió también el juicio.

De modo que allí debajo del puente iban los muchachos y las muchachas para «chingarse» unos a otros. Lo que llamaban «chingar» era en realidad un entretenimiento muy poco ambicioso. Lo único que las muchachas les dejaban hacer era forcejear con ellas y, a veces, cuando las obligaban a tumbarse podían echarse encima y apretar fuerte.

Nunca estaban desnudos. Pero resultaba placentero y en ocasiones el goce era tan profundo que los muchachos se rendían y ellas los derrotaban, y entonces eran las muchachas las que se tumbaban encima y apretaban, pero también esa posición les proporcionaba cierto placer.

Minos, que siempre había estado enamorado de Rebeca, vivió el mismo problema que cualquier griego decente. O sea, estar enamorado de alguien pero acostarse con otra porque su amada no pensaba cerrar los ojos de gusto hasta que la tomaran por esposa, y tampoco uno quiere casarse con una joven que se abre de piernas como si nada. Así de sencillo.

Uno quiere que su novia sea más virgen que María la madre de Jesús, antes de que le dieran aquel lirio tan raro, como siempre decía Bocagrande. Y Bocagrande era también el que atosigaba a los demás para que hicieran con las muchachas algo más que ese ridículo forcejeo.

Pero ninguno se atrevía solo, por lo que acordaron que los cuatro juntos iban a chingar de verdad con las primas de Yannis. Así que una tarde, cuando los adultos estaban echando la siesta, los cuatro muchachos y las dos muchachas se dirigieron debajo del puente.

Yannis el Devoto, que por así decirlo era el que disponía de las jóvenes, propuso que se pelearan como siempre, pero que quien perdiera tenía que quitarse los pantalones.

Las muchachas aceptaron entre protestas, pero seguramente les podía la curiosidad. La lucha comenzó y los seis tenían claro que esta vez la cosa iba de algo más que la propia victoria. Pero al final los muchachos fueron tumbándolas boca arriba por turnos, ante lo que ellas se bajaron las bragas sin dudarlo.

En todo caso, aquello solventó sólo la mitad del problema. Y es que los muchachos seguían con los pantalones puestos. Lo natural era que el líder diera el primer paso. Los demás miraban apremiantes a Jristos, y a él no le quedó otra que quitarse los pantalones mientras a las muchachas se les ponían los ojos como platos.

—¿Está siempre así de tiesa? —preguntó una.

—Si tienes suerte... ¡sí! —intervino Bocagrande.

—¿Y por qué se pone así?

—Cuando tienes ganas de hacer pis —dijo Yannis el Devoto, que no quería asustar a las primas.

—Entonces, ¿ahora tienes ganas de hacer pis? —volvieron a preguntar las muchachas.

—Bueno...

–¿Vamos a hacer algo o qué? –insistió Bocagrande–. Sabéis –se dirigió a las muchachas–, esto os lo podéis meter en la raja.

–¡Uf! –dijeron las muchachas.

–¡Si no es peligroso!

–Pero ¿y si se mea?

–No, ¡no se va a mear!

–¿Vamos a hacer algo o qué? –volvió a insistir Bocagrande.

–Dios santo, ¿es que tenemos que follar para que te hagas una paja? –vociferó el líder.

–¡Oye, pues prueba tú! –secundó Minos.

–¿Crees que no soy capaz?

–¡Esto es Rodas y aquí hay que saltar, como decían nuestros honorables antepasados! –replicó Yannis el Devoto–. En otras palabras: ¡aquí está la raja y aquí está el pito!

–Que te calles. ¡Si tú no tienes pito!

–¿Que no?

–¡No, no tienes!

De un golpe, Yannis el Devoto se quedó sin pantalones y los demás pudieron ver que tenía algo entre las piernas, pero no era nada de lo que alardear. Sin embargo, él tampoco se atrevía a empezar. Aquello era lamentable, pero no tenía remedio.

Los seis se vistieron y volvieron a «chingar» como siempre.

Pero de eso hacía mucho tiempo y un comienzo siempre es un comienzo. Poco a poco, los muchachos ingresaron en el mundo de los hombres, y no sólo en asuntos de mujeres.

La guerra en curso entre las distintas bandas fue tomando formas cada vez más violentas.

Los grupos de izquierdas contra los de derechas, es decir, los niños que venían de familias de izquierdas se enfrentaban a los niños que venían de familias de derechas.

Era una guerra en la que enseguida eliminaban a los débiles. La crueldad de los niños no es menor que la de los adultos. Los modelos que tenían tampoco eran malos. Los alemanes primero y los batallones de seguridad después les habían enseñado un montón de formas distintas de causarle dolor a un ser humano. Además, los niños también habían ido haciendo sus propios descubrimientos.

Lo más reciente fue que una banda de derechas había encerrado a un niño de izquierdas y, después de haberle pegado hasta dejarlo prácticamente inconsciente, le grabaron en la espalda el nombre de la banda con espinas de un cactus al que en Yalós conocen como «el inmortal».

Ahora la banda de Jristos el negro se encontraba arriba del castaño como si fueran aves de presa, fumando cigarros robados y planeando la venganza.

Así pasaban los días en los que los muchachos se iban haciendo hombres y las muchachas, mujeres.

Una libertad difícil

Los alemanes se habían marchado de Yalós, pero aun así el primer día de libertad no fue el día de regocijo que esperaban. Josef el Perro se llevó cinco niños como rehenes. Era su forma de protegerse de las posibles emboscadas de los partisanos. La carretera hacia Esparta ya no la controlaban los alemanes. Los partisanos estaban por todas partes. Hacía poco habían logrado secuestrar a un general alemán, al que después enviaron con los ingleses al otro lado del mar Egeo. Josef el Perro había dejado de ser señor. Era una liebre perseguida. Cuando llegó la orden de que su grupo se uniera a las tropas alemanas en Esparta, comprendió que la guerra había terminado y que había perdido.

Comprendió que nunca acabarían su aeropuerto y tuvo miedo. Tenía miedo desde aquella mañana en la que se vio obligado a disparar a Musuris, el viejo gran terrateniente, el cabeza indiscutible del pueblo, que quiso irrumpir en el cuartel alemán a lomos de la yegua blanca de su hijo muerto.

Durante el último año de guerra, Josef no se atrevió a embarcarse en expediciones de castigo y represalia fuera de Yalós. A los yalitas les tocó pagar por los cada vez más frecuentes triunfos de los partisanos. Además, durante el último año cada vez más yalitas empezaron a participar en los batallones de seguridad.

Era la única manera de librarse de Josef y de los batallones al mismo tiempo. Pero, por supuesto, hubo muchos a los que sencillamente los obligaron y después, cuando los partisanos hicieron ajuste de cuentas, resultaba muy complicado saber quién había participado y por qué razón.

Las tropas alemanas se habían refugiado en el colegio del pueblo, le habían tapiado las ventanas y lo habían rodeado con alambre de espino electrificado. En el patio tenían dos ametralladoras y en el tejado, un cañón pequeño.

Los yalitas bautizaron el cañón como La Bertita de Josef el Perro por dos motivos. En parte como un recuerdo de la Primera Guerra Mundial, y en parte porque además la mujer de Josef se llamaba Berta. Hablaba mucho de ella cuando se emborrachaba e iba enseñando sus fotografías.

Tenía incluso una foto de ella en la que estaba posando en traje de baño en algún punto de la costa danesa, pero no tardaron en robársela. Ahora iba circulando por las distintas bandas, que la usaban como altar para la masturbación.

La Bertita, o sea, el cañón, llegó a usarse una sola vez, pero bastó para quitarle a los yalitas el único árbol que crecía en su montaña, La Manca.

Una mañana de enero, cuando los yalitas acababan de despertarse y orinaban al modo de los campesinos al aire libre, alzaron la mirada para predecir el tiempo y se quedaron con los ojos como platos.

En la vieja higuera, el único árbol de La Manca, ondeaba la bandera griega, azul y blanca. Podían incluso distinguir a un partisano que se había subido al árbol y hacía señas con los brazos como un poseso.

Josef el Perro se puso hecho una furia. Los alemanes dispararon, pero la distancia era demasiado grande, y las ametralladoras normales no alcanzaban.

Mientras tanto, el partisano, que se esperaba aquello, se bajó los pantalones hasta las rodillas y exhibió el peludo trasero a los alemanes, al tiempo que la bandera ondeaba por encima.

Enseñar el culo al contrincante es una costumbre griega muy común. Durante la guerra de liberación contra los turcos, del año 1821 al 1827, Yorgos Karaiskakis, el llamado hijo de la monja y con el tiempo el primer mariscal griego, dejaba que las tropas enemigas contemplaran su trasero cada dos por tres. Los turcos dieron en el blanco en una ocasión, pero Karaiskakis no murió. Los griegos desprecian profundamente sus posaderas. Por algún motivo difícil de averiguar, el trasero les parece feo y ridículo. Si quieres decirle a alguien que es horroroso, puedes decir que el interesado parece un culo, o si quieres dar a entender que te importa un pimiento lo que otro está contando, puedes informarle de que lo estás oyendo con el culo, o que te escribes todo lo que oyes en el culo, o que es tu culo el que escucha lo que te está contando.

Pero se alude a las posaderas masculinas, no a las femeninas, de las que se piensa que tienen gran atractivo. Probablemente sea así en todas las sociedades machistas; los hombres se aprecian de frente y se desprecian de espaldas, mientras que aprecian a las mujeres de espaldas y las desprecian de frente.

Pues bien, el partisano posó enseñándoles a los alemanes aquel trasero burlón, y Josef el Perro se puso completamente fuera de sí. Dio órdenes de que dispararan el cañón, Bertita, contra un culo, y el desgraciado que disparó debía de saber hacer muy bien su trabajo, porque dio en el blanco a la primera y la higuera, el partisano y la bandera se fueron a la mierda.

Los yalitas, que cerraron los ojos cuando sonó la detonación del cañón, volvieron a abrirlos y el árbol había desaparecido. Se podían ver trozos volando por los aires, pedazos del partisano, la bandera y el árbol.

Después de aquello la montaña estaba aún más desnuda, el único brazo que tenía, la vieja higuera, había cumplido su deber contra el nazismo, y el tío Stelios aprovechó la ocasión para proponer en el café que le concedieran a la montaña una pensión por mutilada de guerra.

Después de aquella proeza, a Josef el Perro empezaron a odiarlo más aún. Sabía que los partisanos se arriesgarían mucho con tal de castigarlo, por eso se llevó rehenes.

La tropa alemana se montó en dos camiones, llevaron a los niños en el primero. Las madres de los niños gritaban y lloraban y lanzaban insultos a los alemanes, pero en el fondo estaban convencidas de que los partisanos no atacarían. Sabían que los partisanos iban a esperar a que se presentara una oportunidad mejor. Josef el Perro tampoco iba a ejecutar a cinco niños sin más, pues aún le quedaba mucho camino hasta Alemania.

Pero con cinco niños robados el primer día de libertad no podía ser el día de alegría que esperaban. Los yalitas se reunieron en la plaza y trataron de consolar a los desafortunados, secarles las lágrimas.

El tío Stelios era incansable. Tenía una palabra amable para todo el mundo, tenía un gesto afectuoso para todo el mundo. Por algo le decían que tenía el corazón más grande del pueblo.

Más tarde ese mismo día, cuando todas las madres habían vuelto a sus casas, y sólo se oía su llanto callado, volvieron los hombres a la plaza. Pero sólo quedaban viejos, viejos y algunos niños. La plaza parecía de repente demasiado grande, tres cafés parecían demasiados.

En el café de la derecha, donde siempre acudían las autoridades de Yalós, estaba ahora el sacerdote solo. El viejo Musuris estaba muerto, su hijo estaba muerto, otros grandes terratenientes habían huido. El juez estaba en la montaña, al abogado y al farmacéutico los habían fusilado, al teniente de la gendarmería lo habían trasladado.

El sacerdote y la iglesia habían sobrevivido a la ocupación. El colegio a veces estaba abierto y a veces estaba cerrado, pero la iglesia permanecía abierta siempre. El gran pastor de Yalós, cuya nariz roja se había vuelto aún más roja de todo el vino que bebía, continuó dando misa a los yalitas, y los yalitas continuaron acudiendo a misa.

Los salmistas también habían salido airosos, pero habían abandonado Yalós. A uno lo habían admitido en un monasterio donde de verdad apreciaban su arte, pero el otro había tenido una carrera brillante.

Los rumores de lo asombrosamente bella que era su voz habían llegado a Esparta, y el obispo, siempre abierto a toda clase de rumores, envió a un cazatalentos a Yalós para juzgar al salmista, que consiguió así un puesto en la iglesia del obispo. De la gente de la iglesia, sólo el campanero había pasado a mejor vida, como suele decirse. Su maravilloso tañer había enmudecido para siempre. Los yalitas lo echaban de menos. Había sido como un bálsamo para sus almas atormentadas. Los domingos siempre fueron una fiesta incluso durante los años más difíciles, pues los domingos sonaban las campanas con el ritmo y el compás del campanero.

Pero el campanero, que creía que envejecería y se marcharía a América, nunca llegó a envejecer y nunca llegó a irse a América. Lo ejecutaron los batallones de seguridad, colaboracionistas griegos y banda armada de los fascistas.

El campanero avisó con su tañer a los partisanos de una emboscada que habían planeado los batallones de seguridad con los alemanes. Habían tomado posiciones a ambos lados del puente que conducía a Yalós, y los partisanos tenían que cruzarlo.

Los yalitas vieron que se acercaban sin sospechar nada y contuvieron la respiración. Todos querían hacer algo, pero nadie se atrevía. Se quedaban detrás de las ventanas viendo que los partisanos se aproximaban cada vez más. Casi podían ver cómo los arrasaban las balas de los alemanes y los griegos.

Y entonces el campanero no lo pudo soportar más. Se dirigió a toda prisa a la torre de la iglesia y tocó las campanas con un ritmo completamente nuevo. Los partisanos comprendieron enseguida que algo iba mal y desaparecieron subiendo La Manca, donde ni los alemanes ni los batallones de seguridad se atrevían a ir.

Josef el Perro sufrió un ataque de histeria y quiso ejecutar al campanero en el momento. Pero el jefe de los batallones de seguridad, el célebre Dimitsanas, lo tranquilizó.

Iban a atrapar a los partisanos otro día y al campanero le podía disparar él mismo a su manera. Dos «batallonistas», que era como los llamaban la gente, subieron a la torre de la iglesia.

El campanero no se resistió, no tenía sentido. Los batallonistas lo ataron de pies y manos, y después le ataron las manos a las piernas por la espalda, de modo que parecía un regalo de Navidad, sólo faltaba el papel de envolver.

Luego colgaron el paquete de la cuerda de la campana mayor. No hicieron nada más. Le cayó algún que otro escupitajo y le dieron un par de bofetadas, claro está, pero no fue para tanto.

El campanero estaba completamente lúcido, y se dio cuenta de que iba a morir atado a su amada campana, iba a terminar sus días rodeado del poderoso tañido de la campana.

El cuerpo se le mecía con el viento como un péndulo, y con cada ráfaga repicaba la campana, con el campanero en medio del sonido, le daba gracias a Dios por ser sordo, de lo contrario lo habría matado el estruendo.

Aquello duró una semana. A veces se desmayaba, a veces los yalitas creían que había pasado a mejor vida, pero tardó una semana en morir de hambre y agotamiento.

Una semana entera estuvo sonando la campana, a veces al compás del campanero, a veces al del viento. La campana grande, el orgullo de los yalitas. La llamaban La Reina, y era tan grande que podían dormir dos adultos en su interior.

Uno de los maestros herreros más veteranos la había forjado con el mejor bronce y, cuando la terminó, lloró de felicidad y dijo:

–Si a esta campana le sale una sola grieta, me cuelgo aquí mismo delante de todo el mundo.

A La Reina no le había salido ninguna grieta en doscientos cincuenta años, a pesar de que el badajo era del tamaño de una cabeza humana. Las palabras del maestro herrero resultaron ser ciertas.

Habían transcurrido seis días y el campanero seguía vivo colgando de su campana, pero en el séptimo se dieron cuenta de que el sonido de La Reina era distinto. Era más débil, sonaba desafinado. A los yalitas les dieron permiso para subir a la torre. El campanero estaba muerto y la campana se había resquebrajado. La campana mayor, La Reina del tañido en Yalós, había muerto junto a su mayor amante, el campanero sordo. De modo que ahora el sacerdote estaba solo en el café. Pero tampoco antes de que aquello ocurriera se le permitía al campanero sentarse a su mesa. El estatus social del campanero era demasiado bajo.

Los otros dos cafés, el café de los pequeños terratenientes y el de los sin tierra, tampoco estaban muy llenos, sólo había algunos ancianos. Yalós había perdido su juventud. Uno de los albañiles estaba muerto, el otro en Alemania, el tercero en la montaña. El matarife estaba muerto, el herrero se había ido a la montaña en busca de Karina la Bella, a la que quería por encima de todas las cosas de este mundo.

Karina, que primero había perdido a su padre y después al matarife, del que estaba enamorada en secreto, había resuelto abandonar también al herrero. Había resuelto no volver a permitir que se le acercara ningún hombre, pues había traído la desdicha a todos los que había amado y a todos los que la habían amado.

Karina, que era capaz de amar, no se atrevía a aceptar el amor.

De los pequeños terratenientes, relativamente pocos se habían unido al movimiento de la resistencia, pero eran muchos más a los que habían deportado a campos de trabajos forzados en Alemania o en otros territorios ocupados.

Después, los batallones de seguridad reclutaron gente, y los partisanos reclutaron gente. Yalós se convirtió en lo que siempre había sido: un pueblo muy viejo.

Pero algo quedaba, algo nuevo que el tío Stelios no fue capaz de identificar enseguida. Tomaba café con los otros ancianos y todos presentían que algo había ocurrido, pero nadie sabía qué exactamente.

La plaza parecía muy grande, las fronteras entre los tres cafés, absurdas. Los alemanes y la guerra habían hecho pedazos la vieja estructura social de Yalós.

De repente, el tío Stelios comprendió que estaba creciendo una nueva libertad, una libertad que no tenía nada que ver con la ausencia de los alemanes.

«Entre ruinas todos somos iguales», pensó para sí, pero no se atrevió a decirlo en voz alta. No quería anunciar la nueva libertad, tenía que presentarse ella sola.

«Dios quiera que no nos cueste demasiado», pidió en silencio.

Parecía que también los demás se habían dado cuenta de lo que había sucedido. El sacerdote levantó su honorable trasero de la silla y se desplazó al café de en medio, también los ancianos sin tierra del café de la izquierda dirigieron allí sus pasos cansados, que resultaban aún más pesados después de muchos brindis por la libertad.

Los únicos que protestaron fueron los camareros, porque ahora iban a volver las peleas, claro. Quién era cliente de quién se convirtió en una cuestión controvertida, pero nadie respondió a sus protestas. Los camareros podían llevar la cuenta de sus clientes sin recurrir a las marcas blancas del suelo que dividían los cafés. Ya no había tantos clientes, ni más ni menos.

Era la primera vez en muchísimos años en la que todos los yalitas se sentaban en el mismo café. Habían demolido los muros entre ellos, la tormenta alemana había igualado Yalós.

Una nueva felicidad y una nueva esperanza empezaron a brotar, pero no tardarían en volver a levantar los consabidos muros. Aunque para ello hizo falta una guerra civil, una guerra sangrienta.

Las madres ave

La primera que volvió a casa tras la retirada de los alemanes fue Antonia. Después de que los nazis arrestaran al maestro, Antonia se quedó sola en Yalós con Minos y Rebeca. Pero al cabo de un tiempo empezó a resultarle del todo imposible arreglárselas con la comida y la ropa.

El tío Stelios y Maria la Santa, sus padres, contribuían cuanto podían, pero no era suficiente. La familia no tenía más recursos que el salario del maestro, y el maestro llevaba tres años sin percibir nada. No poseían tierras, aparte de un huertecito en una granja a las afueras de Yalós, pero apenas daba beneficios con los que pudieran contar.

La granja, que se llamaba Pedro el Santo, la había comprado la madre del tío Stelios, después el tío Stelios la vendió cuando necesitaba capital para su desafortunado viaje a Estados Unidos, y fue el tío Stelios el que volvió a comprarla cuando se hizo rico gracias a sus fotografías.

Pero como ni el tío Stelios ni el maestro eran campesinos, arrendaban la granja a un campesino de por allí. A cambio, recibían unos litros de aceite de oliva y unos kilos de fruta, y el campesino también se ocupaba de que la casita que habían construido no se deteriorara. La familia pasaba allí los meses de verano.

Además, el campesino contribuyó al bienestar de la familia también por ser como era, o sea, un verdadero loco. Los burros eran lo que más le gustaba en el mundo, y tenía cuatro de distintos tamaños y distintas edades.

Esos cuatro burros afortunados comían el mejor heno y sus cuadras estaban tan limpias como una alcoba. Los cuatro tenían nombre, y el campesino no hacía otra cosa que pasarse los días enteros cuidándolos.

Además, tenía la boca torcida y con ella iba anunciando verdades inmortales, pues hablaba únicamente con refranes. Si uno se lo encontraba por la mañana y le decía «buenos días», él no respondía como una persona cuerda, sino que decía:

–¡Si el día es bueno se ve ya por la mañana!

A veces se sorprendía a sí mismo con su propia sabiduría e informaba en voz alta:

–Dios santo, ¡no sabía yo que fuera tan sabio!

Bueno, ahora habían llegado tiempos peores tanto para el campesino como para la familia del maestro. Josef el Perro había confiscado tres de los burros y Antonia tenía que empezar a trabajar.

Pero ¿qué podía hacer? Se había casado con diecisiete años, tuvo a Stelios, su primer hijo, con diecinueve y después llegó Minos. Había cuidado muy bien de sus hijos y de su casa, pero no tenía ningún oficio.

Había cientos de mujeres en la misma situación. Muchas habían formado grupos que iban por los pueblos ofreciendo sus servicios de huerta en huerta.

Recogían aceitunas, pisaban uvas, ponían higos a secar, echaban una mano con la siega; en resumen, hacían todo lo que uno podía hacer con dos manos y dos piernas sanas.

Faltaban muchos hombres y todas las huertas grandes necesitaban un poco de ayuda extra. Las mujeres que iban por los pueblos tampoco daban muchos problemas con el salario. Cobraban con lo que la huerta pudiera ofrecerles; trigo, aceite de oliva, fruta o vino.

Cuando terminaban el trabajo, las mujeres regresaban a sus pueblos y les entregaban los artículos de primera necesidad a sus familias. Después volvían a ponerse en marcha.

A esas mujeres los yalitas las llamaban las madres ave, pues sus vidas les recordaban a las hembras de las aves. En todo caso, quizá fuera el único apodo más cariñoso que malintencionado que los yalitas le habían dado a un grupo de personas. Las madres ave lo sabían y no se lo tomaban a pecho.

–El hambre no conoce ninguna ley –decían siempre, y continuaban con su laborioso deambular.

Antonia, que se contaba entre las jóvenes, no tardó en ganarse las simpatías de las demás, tal y como acostumbraba a ocurrirle con todo el mundo. Parecía que no hubiera una sola persona capaz de defenderse de la calidez de sus ojos castaños, que no sólo lo veían todo, sino que también lo envolvían todo.

Su risa desarmaba a la gente, y había heredado de su padre la predilección por las historias graciosas y las mentiras inofensivas. Construía la realidad, añadía y suprimía información sólo para entretener a su grupo.

No tenía ningún secreto, es decir, ninguno salvo la verdad, a veces. Hablaba de sus allegados, contaba historias sobre su vida conyugal con el maestro con todo lujo de detalles, pero no daba la impresión de que lo estuviera poniendo en evidencia. El afecto de Antonia era demasiado obvio para que nadie lo malinterpretara, pero su amor tenía ojos, oídos y lengua.

Por las tardes, después de la jornada de trabajo, cuando las mujeres podían irse a descansar en la que en ese momento fuera su cama, un granero, un montón de heno o simplemente a la intemperie, todas se reunían en torno a Antonia, que alumbraba como un sol y abría la caja del lenguaje.

El tío Stelios debía de estar orgulloso de su hija, y lo estaba. Pero su orgullo no podía compararse con la emoción que colmaba la voz de Antonia cuando hablaba de sus hijos, sus tres niños. Había dado a luz a dos niños y el maestro tenía otro de su primer matrimonio.

–Cuando lavaba la ropa y la tendía, los yalitas se quedaban blancos, ¿sabéis? ¡Filas enteras de calzoncillos y pantalones, mientras que sus tendederos estaban llenos de faldas y prendas de mujeres!

Por supuesto, se enorgullecía de haber dado a luz hijos varones, y siempre los llamaba «mis hombres». Estaba particularmente feliz desde que tuvo a Minos, porque antes de él había abortado tres veces, y en las cocinas de los vecinos ya habían ido insinuando más de una cosa.

Pero Minos nació, y era rubio como un príncipe, y ella lo llamaba «mi príncipe», y Minos, que creía que «príncipe» era un trabajo, preguntó a los tres años que a qué colegio tenía que ir para hacerse príncipe, una pregunta que ocasionó muchas risas, pero también el temor del maestro a que Minos saliera como el tío Stelios y Antonia, o sea, que fuera un soñador y una cotorra.

Pues bien, Antonia no podía estar ni con su príncipe ni con los hermanos. Al marido lo visitaba en ocasiones, pero la visita implicaba siempre tales humillaciones que el maestro acabó por pedirle que no volviera más.

Tenía que vivir sin los suyos. Tenía que vivir sola como una nómada, ella, que era dueña de una de las casas mejor cuidadas de Yalós. Ella, que detestaba dormir en las mismas sábanas más de dos noches, ahora debía pasar noche tras noche en sucias mantas raídas.

A las madres ave les resultaba complicado mantenerse aseadas. No era difícil conseguir agua, pero ¿qué mujer griega se habría atrevido a lavarse si se arriesgaba a ser vista por los ojos de un hombre?

—Si seguimos así, ¡dentro de nada tendremos tierra en la raja! —decían en broma las más deslenguadas.

Las mujeres echaban de menos a los hombres. Sus camas llevaban demasiado tiempo vacías, las sábanas estaban sin usar, sus mejores camisones sin usar. Las mujeres que podían quedarse embarazadas con tan sólo mirarlas el tiempo suficiente vivían sin hombre, estériles.

—Si seguimos así, ¡dentro de nada se nos va a cerrar la raja! —decían riéndose.

Pero las entrañas no se cierran, sino que su deseo aumenta y al final la mujer al completo se transforma en un deseo y se aprecia en sus movimientos demorados, en su paso indeciso.

Cada noche, cuando se tumbaban en la que en ese momento era su cama, se consolaban mutuamente; a veces también dormían muy cerca unas de otras, como marido y mujer, y la última que se quedaba dormida podía oír cuchicheos en sueños, llamamientos afectuosos a los que ya no estaban.

Naturalmente, las madres ave eran objeto de un vivo interés por parte de los hombres que sí tenían la suerte de estar, pero sobre todo por parte de los alemanes y de los integrantes de los batallones de seguridad.

Los alemanes también suspiraban por una cama de matrimonio, desde luego, pero en su cortejo no había más que deseo. Por su parte, los batallonistas tenían la visión que ahora dominaba absolutamente entre los hombres de la sociedad campesina.

Cada mujer que busca trabajo fuera del hogar se ofrece como trabajadora y como mujer. El sitio de la mujer está en la cocina, y después de la cocina está la cama matrimonial y después de eso están los hijos del marido y las hijas de ella.

La mujer no trabaja; la mujer sólo echa una mano. La mujer trabajadora era una mujer a la que habían despreciado y que no había encontrado un hombre que la mantuviera, o bien que el hombre que hubiera encontrado no pudiera mantenerla.

Una mujer trabajadora no sólo era una presa legítima, sino que también proyectaba una sombra de desprecio sobre el marido y la familia.

Los pobres se castigan entre sí con los baremos de los ricos. La pobreza de las madres ave no sólo era tétrica, sino que también era humillante. Los batallonistas sencillamente contaban con llegar y servirse.

Pero las mujeres resistieron todas las tentaciones. Se apoyaban entre sí, y juraron no ceder nunca ante los perros rabiosos que las perseguían. Sobre todo, después de lo sucedido cuando llegó una que no pudo resistirse.

Era la más joven y acababa de casarse. Le arrebataron a su marido en la misma noche de bodas. La cama seguía caliente cuando oyó pasar el camión que se lo llevaba. En las sábanas se veían las manchas de sangre del himen, pero el hombre ya no estaba.

Los tres primeros días y noches no fue capaz de salir de la cama. Se quedó tumbada, abrazando la almohada de su marido, a veces lloraba y a veces cantaba las viejas canciones que les cantaban a los recién casados.

¡Mi novia, mi agua clara y mi luna llena!
¡Que Dios os bendiga a ti y a tu apuesto marido!
Que crezcas como un ciprés,
eches raíces como un acebo
y florezcas como un manzano
con nueve hijos y una hija.

Bueno, pues no habría ni nueve hijos ni una hija. Al marido lo fusilaron poco después.

La joven esposa no quiso quedarse en el hogar vacío. Se unió a las madres ave, aunque no tuviera a nadie a quien alimentar. Pero no soportaba estar sola, quería estar entre mujeres capaces de comprender su tormento.

Pero los hombres no la dejaban en paz. Era demasiado joven y se parecía demasiado a un clavel recién abierto después de su primera y única noche de amor.

Los hombres se arremolinaban a su alrededor como águilas y cuervos, aunque también se podría decir como moscas. Al final, la joven viuda acompañó al más apuesto detrás del lentisco, se tumbó en la tierra seca a su lado y después debajo.

Pero el hombre no estaba solo. Silbó y sus compañeros aparecieron con la bragueta abierta. Uno tras otro violaron aquel cuerpo joven, que resplandecía blanco entre las prendas de luto.

Ella estaba casi inconsciente, las lágrimas le corrían silenciosamente por las mejillas, pero los hombres se excitaron más. Se azuzaban entre sí para usar su cuerpo rígido una y otra vez.

Cuando terminaron, ella parecía un trapo ensangrentado. En su cabeza seguía el sueño de los nueve hijos y una única hija, vomitó una vez tras otra, se arrastró hasta el Rabión y se lavó el cuerpo desgarrado y, a pesar de que estaba extenuada, se pasó un buen rato dando volteretas.

Había que hacerlo si no querías quedarte embarazada, y ella no quería. El método de las volteretas remitía a una dama que sabía de lo suyo, Aspasia, la mujer de Pericles.

No es fácil saber hasta qué punto el método es eficaz, pero, en cualquier caso, a Aspasia le había salido bien, pues Pericles no tuvo ningún hijo pese a que debió de emplearse a fondo, ya que no escribió necrológicas. Y es que Pericles era un dictador, y los dictadores necesitan herederos.

Después de las volteretas, la joven violada tomó el camino que conducía a la montaña.

Un poco después prendió fuego a la huerta y la casa de su primer amante. Y algo después prendió fuego también a las huertas y a las casas de los otros. La joven violada se vengó con toda la violencia de la que es capaz el amor traicionado.

Medea también era griega independientemente de lo que diga Eurípides.

La joven violada llegaría a ser una leyenda. Fue la única mujer que se convirtió en oficial del ejército partisano. Montaba su yegua blanca vestida de negro, con la larga melena cubriéndole los hombros, y era como un arcángel, el arcángel de la venganza.

Pero Antonia nunca llegaría a ser como un arcángel. Ya tenía marido e hijos. Su alma era suave y su cuerpo era pesado. Echaba de menos la cama y las sábanas limpias de su casa.

Cuando a las madres ave les llegó el mensaje de que los alemanes habían abandonado Yalós, ella dejó todo lo que tenía entre manos y echó a correr, fue corriendo todo el camino hasta el pueblo.

Por supuesto, todas las demás hicieron lo mismo. Los presos y los guardias, los señores y los sirvientes hicieron lo mismo; volvieron corriendo a sus casas.

El primero que ganó una maratón olímpica fue el campesino griego Spiros Luis. En realidad, no es para nada sorprendente teniendo en cuenta lo mucho que ha entrenado el pobre pueblo griego después de todas las guerras que han terminado y todas las guerras que han empezado.

Antonia fue corriendo todo el camino hasta Yalós, pero cuando llegó sólo encontró a sus padres envejecidos, a su príncipe Minos y a Rebeca.

El peso del amor

Minos estaba enamorado. Llevaba enamorado de Rebeca desde aquella noche en la que vio cómo un resplandor azul surgía de su cuerpo dormido. Tenían el mismo cuarto cuando eran pequeños, se pasaban los días enteros y la mitad de las noches jugando.

Minos soñaba su sueño del río al revés día tras día, y era feliz a pesar de que su padre no estaba, de que sus hermanos no estaban.

Pero había pasado el tiempo. Cuando Antonia se vio obligada a marcharse de casa, Minos y Rebeca se mudaron con el tío Stelios y Maria la Santa, y Maria no descuidó el asunto de asignarle a Rebeca su propio cuarto.

Una timidez nueva y dolorosa se abrió paso entre los dos niños, y se fueron alejando uno del otro. Minos se iba cada vez más con la banda, mientras que Rebeca se quedaba en casa o salía con otras muchachas.

Aunque por lo general se pasaba las horas en el balcón contemplando el valle, que se abría ante sus ojos como un abrazo verde. Podía ver los campos y los viñedos de su padre y de su madre, que antes eran los mejor cuidados de Yalós y ahora se echaban a perder y se llenaban de maleza.

Por ese pedazo de tierra estaban su padre y su madre en lo alto de la montaña, para defenderla y para vencer al terror.

–Los judíos siempre hemos tenido miedo –decía el padre–. Siempre nos hemos plegado. Pero llegará un día en el que también los judíos sostengan un rifle en la mano. ¡Cuanto antes, mejor!

Eso decía David, y fue uno de los primeros en subir a la montaña.

Rebeca miraba hacia el valle y aguardaba. A veces lloraba, a veces reía sin que nadie supiera por qué. Había conservado la costumbre de escribir sus pensamientos en una libretita. Antes dejaba que Minos la leyera, pero ahora eso también se había terminado.

Rebeca se estaba haciendo mujer y empezaba a ser más misteriosa. Se encontraba justo en ese punto de inflexión entre dos edades que lleva a las muchachas a volverse calladas de repente, a llorar de repente y también de repente, a reír.

Sentía que le crecía por dentro una ola cálida, una ola cálida que se mostró en forma de gotas de sangre de su interior.

Maria la Santa y Rebeca pasaron esa tarde juntas como dos mujeres, y Maria le dio paños limpios que ella debía usar y lavar, nadie más debía ver nunca aquellos paños.

La anciana mujer, Maria, y la joven mujer, Rebeca, se volvieron a partir de ese momento muy amigas. Preparaban juntas la comida de los hombres, los hombres que eran el tío Stelios y Minos. Bajaban juntas al Rabión para lavar, se lavaban el cuerpo mutuamente, se lavaban el pelo mutuamente, se peinaban mutuamente y se sujetaban el espejo.

Maria la Santa no se guiaba por muchas pautas de belleza, pero había una regla que seguia a rajatabla; había que cepillarse el pelo cien veces cada noche, ni una vez más ni una vez menos.

Minos había visto primero a su madre, después a su abuela y ahora a Rebeca echar la cabeza hacia atrás como una yegua joven y hermosa, las tres mujeres con el mismo movimiento de orgullo y belleza y serenidad: y el cepillo deslizándose por la densa melena con un susurro; cien susurros largos y sosegados cada noche.

—Las tareas menores son las que crean la vida —decía siempre Maria la Santa—. Las grandes tareas y los grandes hombres cosechan la muerte y el exterminio. ¡Las tareas menores son el incienso de la vida!

Entre Maria y Rebeca existía una tranquilidad, existía una calidez que se extendía alrededor como si surgiera de una chimenea muy bien escondida.

Minos se había aquietado. Rebeca dejaba que creciera en paz, dejaba que se convirtiera en un hombre y se hiciera digno de ella. Mientras tanto, ella aprendería todas las tareas menores de la vida, el incienso de la vida. Mientas esperaba a Minos, cuidaría la vida y cuidaría el recuerdo de sus familiares muertos.

Acudía a la tumba de su hermano todas las tardes, cuando el sol se estaba poniendo y los quehaceres cotidianos se habían terminado. Allí se quedaba bajo los altos cipreses, el árbol de la muerte, y recordaba la sonrisa del hermano, sus dientes brillantes, con uno de más, y una sonrisa peculiar le recorría todo el cuerpo, surgía una sonrisa como el agua brota de la tierra inesperadamente.

La muerte no daba miedo. Se puede hablar con los muertos, se puede pasar tiempo con ellos. Los muertos soportan la verdad, no hace falta mentirles. Rebeca hablaba con su hermano y le contaba cosas sobre Minos y el amor que sentía por él.

El muerto debía saberlo todo. Debía dar su opinión sobre todo lo que ella pensaba y hacía. Se puede hablar con los muertos sobre todo aquello que no tiene respuesta, sobre todo lo que te pesa y te carcome.

Por lo general había varias mujeres a la vez en el cementerio. Cada una iba a lo suyo, se sentaban completamente en silencio con la cabeza gacha y el único movimiento que se podía distinguir era el temblor de los labios.

Las mujeres les hablaban a sus muertos rodeadas de un silencio que ya no se podía romper, un silencio que les brotaba desde dentro y transformaba sus gestos en sombras y sus cuerpos en espacios silenciosos.

Las mujeres no hablaban entre sí. Pero una vez dejaban el cementerio, una vez dejaban sus hombres muertos y regresaban a casa para la cena, se podía ver cómo aminoraban el paso, se acercaban, caminaban las unas al lado de las otras y hablaban entre sí muy bajito.

A Rebeca le gustaba pasear hasta la casa junto a las demás. Sentía una solidaridad que llevaba anhelando mucho tiempo. Desde que los alemanes mataron a Markus y a Judit, su hermana, se había sentido completamente sola y creía que no tendría una relación cercana con nadie aparte de Minos.

Pero la vida quiso que las cosas fueran de otra forma. Primero, Maria la Santa rompió el mudo silencio y, después, las otras mujeres, cuyo dolor era el mismo, cuya pena era la misma. Los hombres que las separaron mientras vivían las reconciliaron ahora que habían muerto.

¡Los hombres, los vivos y los muertos, necesitaban a las mujeres! ¡Los hombres que nunca habían llevado a un niño en su cuerpo y por tanto eran capaces de matar; los hombres, cuyo deseo se extendía más allá de los límites del cuerpo!

Los hombres no tenían el sosiego en sí mismos, la calma se encontraba fuera y lejos y aún más lejos. ¡Tenían que construir fuera de sus cuerpos, soñar fuera de sus cuerpos, debían luchar fuera de sus cuerpos!

Rebeca sentía pena de los hombres, se compadecía de Minos. Veía cómo lo atormentaba hacerse mayor mientras que para ella había bastado con unas gotas de sangre y unos paños muy íntimos.

Lo quería muchísimo. Lo quería en cuerpo y alma, cuando dormía y cuando estaba despierto.

No podía dejar de mirarlo, o sí, sí que podía dejar de mirarlo; en cambio él a ella, no. Su cuerpo flaco la llenaba de ternura, aquellos ojos azul claro se convirtieron en el sol y en el cielo de Rebeca, un cielo que estaba mucho más cerca que el cielo de verdad y, aun así, tan lejos.

Lo esperaría, lo esperaría hasta que estuviera listo, y si nunca llegaba a estar listo, nadie ocuparía su lugar, ¡nunca jamás!

Pero Minos fue madurando poco a poco. Primero su padre acabó en la cárcel, después se fueron sus dos hermanos mayores, después se fue hasta su madre. Se quedó solo en casa de los abuelos. Eran los únicos adultos de su entorno, y no sólo eran adultos, eran ancianos. Minos los quería a los dos, los quería de verdad, pero la banda se convirtió en su refugio natural, y los niños no se ayudan a crecer. Los niños se retienen unos a otros allí donde es posible ser niños.

Minos echaba de menos a su padre, echaba de menos a sus hermanos y a su madre, pero sobre todo echaba de menos las primeras noches, cuando Rebeca acababa de mudarse con ellos, cuando Rebeca y él dormían en el mismo cuarto y él soñaba el sueño del río que corría hacia la montaña. Echaba de menos su infancia ahora que todavía era un niño, y así no es fácil hacerse mayor. Se había aferrado a una adultez ilusoria porque ya tenía lo que tienen los adultos, añoranza, pero no podía dominar su añoranza, no se atrevía a dar el paso a la vida adulta, seguía siendo un niño que anhelaba los primeros días y noches de felicidad de la infancia.

Además, había perdido el lenguaje. Casi sin sentir, su lengua se había vuelto cada vez más monosilábica, se acercaba a la realidad sin intención de cambiarla, las imágenes y las palabras milagrosas habían quedado relegadas a otra época.

Cuando ya no podía pasar tiempo con Rebeca, cuando ya no podía leer sus cuentos e historias, fue sumergiéndose en el lenguaje de la banda. Se sumergió en sus costumbres y en el torbellino de soledad y silencio que los rodeaba. Pues también lo mucho que hablaba Bocagrande era una forma de silencio.

En el silencio transcurrían sus días, en una añoranza callada, en un odio callado, en un amor callado. No era fácil ser niño en Yalós.

Los hijos de Esparta

El colegio de Yalós lo construyeron con dinero que envió un emigrante desde América. Nunca llegó a aclararse si el regalo fue una buena acción o una venganza. En cualquier caso, el entonces alcalde no consiguió malversar toda la donación, así que quedó un poco de dinero para la construcción de un colegio.

El colegio se componía de una sala amplia, donde daban las clases, y al lado había una habitación más pequeña que hacía las veces de sala de profesores y de almacén para el material educativo.

Dicho material consistía en unos mapas de Grecia de distintos periodos históricos, unos pocos libros y, por el momento, dos varas para utilizarlas con los alumnos si resultaba necesario.

Los alemanes permitieron que el colegio permaneciera abierto durante los primeros años de la ocupación siempre y cuando el maestro fuera de fiar, es decir, que hiciera lo que le mandaran los alemanes.

Dimitreas el Pequeño, que ahora era el alcalde, colaboraba con los alemanes igual que su hermano. Pescó muy diligentemente a un viejo familiar que había sido alférez en el ejército y que se sabía el abecedario.

Ese alférez creía en Dios, en la Corona, y también creía que los comunistas eran agentes del demonio, pero no creía que ningún griego de verdad pudiera llegar a ser comunista en la vida.

—Somos demasiado individualistas —afirmaba el viejo militar—, ¡y nos gusta demasiado la libertad como para hacernos rojos!

En su boca aquello sonaba a paradoja, y lo era. En cualquier caso, ahora era el único maestro y eso conllevaba que ningún grupo tuviera la posibilidad de permanecer en el colegio más de dos horas al día, a menos que el alférez se mantuviera al mando las veinticuatro horas.

A veces solventaba el problema dándoles clase a todos los grupos a la vez. Los principiantes, que aprendían a leer «papá rema mamá mira», y los de último año, que aprendían a pelear, a hacerse pajas, a robar y a hacer la guerra, se reunían en la misma sala al mismo tiempo y escuchaban los recuerdos de guerra del alférez.

El horario lectivo estaba plagado de horas de gimnasia, que no se llamaba gimnasia, sino educación física, y de cantos, que tampoco se llamaban cantos, sino introducción al arte del canto.

Además, había continuamente excursiones a lugares históricos y dignos de ver, y de eso la región estaba llena. Tan sólo en Yalós ya se podían contar una infinidad de lugares dignos de ver.

Estaba, por ejemplo, la vieja fortaleza que habían construido justo al norte del pueblo. La fortaleza estimulaba la fantasía de los alumnos, sobre todo porque su función hoy en día era poco bélica. Entre las ruinas de la fortaleza perdieron el himen muchas mujeres yalitas, un destino que seguro que compartieron con las muchachas bizantinas que vivieron allí unos seiscientos años antes.

El alférez los llevaba a la fortaleza siempre que podía, y los alumnos debían trabajar para mantenerla limpia y en buen estado, un acto patriótico. Además, había instaurado una nueva hora de clase llamada HCN (la Hora de Cultura Nacional) o, como decían los alumnos: la Hora del Coño de la Nación.

Usaban la HCN para que yalitas prominentes acudieran al colegio a dar conferencias que despertaran en los niños su patriotismo innato. El conferenciante más aplicado era Dimitreas el Pequeño, que era temido y tonto. Su hermano era temido, pero no tonto.

Dimitreas el Pequeño siempre comenzaba su discurso con las siguientes palabras:

–¡Queridos niños! Ahora vais a oír unas cuantas verdades...

Luego proseguía con las mentiras más disparatadas sobre la guerra de los partisanos contra los alemanes, sobre los crímenes de los comunistas y el heroísmo del rey.

Los alumnos, como buenos patriotas que eran, nunca dijeron nada, aunque sabían que las cosas no eran así. Pero ¿para qué iban a contradecirlo? Las horas de HCN no eran tan terribles después de todo.

Sólo les pedían que se mantuvieran callados y atentos. No tenían que contestar preguntas, no tenían que saber nada. Podían quedarse sentados tranquilamente y jugar al tres en raya o dibujar genitales enormes que se enseñaban unos a otros.

Cuando terminaba la hora de HCN, uno volvía a la vida, porque entonces el alférez empezaba con los hurras. Gritaban hurras por la Patria, por el rey, por el ejército y por «nuestros aliados», ¡quienesquiera que fueran ahora!

El colegio también tenía un huerto experimental, que había florecido gracias al padre de Minos, pero al alférez no le interesaban ni las plantas ni los árboles.

–Lo importante es que uno llegue a ser un griego de verdad y cristiano –proclamaba, y a continuación contaba historias edificantes del tiempo en el que era general, pues desde que lo nombraron maestro también se había ascendido a sí mismo, e hizo la guerra él solo contra los búlgaros.

El colegio también tenía unos servicios. Constaban de dos secciones, una para niños y una para niñas. Las secciones estaban separadas por un muro lleno de dibujos y bonitas palabras con letra redonda y que tenía tantos agujeros como un queso suizo.

Tanto las niñas como los niños aplacaban su curiosidad a través de esos agujeros y a veces se encontraban mirándose a los ojos, aunque no fueran los ojos los que les despertaba la curiosidad.

Sin embargo, el muro no llegaba hasta el techo y el sonido proveniente de las secciones se oía perfectamente. De ese modo, los niños sabían cómo sonaba cuando una u otra niña hacía pis, «como un caballo, sabes», y las niñas recopilaban información similar.

Pero el hedor de los servicios les apestaba la vida a los que vivían cerca del colegio y, después de muchas quejas, el alférez dio una encendida charla a los hijos de Esparta, que tendrían que aguantarse las ganas durante las pocas horas que pasaban en el colegio.

–¿Qué habría hecho Leónidas si sus trescientos soldados hubieran salido pitando detrás de unos arbustos en el desfiladero de las Termópilas? Seguro que a los persas no habrían podido detenerlos con los olores, ¿verdad? ¡Ja, ja!

Después prosiguió con voz temblorosa:

–Hijos de Esparta, no olvidéis que seguimos siendo los soldados de Leónidas. No olvidéis que nuestra sagrada tierra al completo es hoy unas Termópilas, y que hay que parar a los persas, es decir, a los comunistas, es decir, a los búlgaros. ¡Para este fin se impone en lo sucesivo una prohibición parcial! Está permitido orinar, pero no lo otro... vosotros me entendéis... ¡lo más asqueroso!

Hubo que anular la prohibición, no obstante, puesto que los soldados de Leónidas, o sea, los alumnos, empezaron a cagarse por todos los alrededores del colegio. Los hijos de Esparta pudieron volver a los servicios.

Pero entonces llegó el siguiente escándalo. Un día apareció en Yalós un inspector educativo, estaba visitando a sus suegros y aprovechó para exhibir su autoridad, de modo que se presentó en el colegio e incluso en los servicios del colegio.

Entró a los servicios como un hombre y salió como un fantasma, había pilas de mierda por todas partes. Tuvo que saltar como una urraca para llegar a su destino, que era un agujerito en el suelo, puesto que lo habían construido siguiendo el modelo turco.

Al alférez le cayó una buena, y a partir de ahí introdujo un nuevo castigo: limpiar los servicios.

Los alumnos más salvajes tenían que ir a «matar al dragón», que es como llamaban al proceso, porque «matar al dragón» era el nombre que recibía la limpieza de letrinas en el ejército.

Al héroe lo armaban con una escoba gigante y un cubo, y marchaba hacia los aseos arrastrando los pies mientras los demás lanzaban hurras. El inconveniente del nuevo castigo era que las niñas también miraban y se tapaban la nariz cuando el héroe reaparecía entre la gente.

El alférez siempre mandaba a las letrinas a los niños de familias de izquierdas. A Minos sobre todo lo castigaban cada dos por tres, y había «matado al dragón» tantas veces que los demás niños empezaron a llamarlo san Jorge.

Fue también en los servicios donde Minos acometió su primera revuelta contra el colegio. Un día apiló toda la mierda en un montecito delante de la entrada y en lo alto del montecito izó una bandera de papel.

Cuando los demás niños vieron la bandera griega ondeando encima del montón de mierda, acudieron corriendo al alférez, claro está, y se chivaron de aquel suceso sin precedentes. No fue tanto por perjudicar a Minos como por fastidiar al maestro.

Naturalmente, el alférez salió a todo correr y cuando vio el monte de mierda decorado con la bandera, su anciano corazón guerrero se aceleró. Se llevó la mano al pecho como si quisiera aplacar un dolor agudo mientras profería gritos indescriptibles, y luego se fue hacia Minos a todo correr, y Minos bailaba alrededor del montón de mierda con el alférez persiguiéndolo al tiempo que los demás hijos de Esparta entonaban el himno de Grecia.

Te reconozco
por la hoja aterradora de tu espada

Fue un día digno de recordar. La bandera que ondeaba en el monte de mierda, Minos y el alférez a la carrera, el himno nacional resonando en el patio del colegio.

El tío Stelios estaba inmensamente orgulloso de su nieto por ser capaz de crear una historia así, destinada a que la contaran una y otra vez las generaciones futuras.

A Minos lo expulsaron del colegio una semana, era el castigo más severo que el alférez estaba autorizado a aplicar, y se la pasó entera con su abuelo en el café chupando vainilla o los *lukumi* que le compraban otros yalitas mientras escuchaban la versión de la historia de boca del tío Stelios.

El alférez no era muy querido porque no era de Yalós. Además, no hablaba como una persona, sino que sonaba como un académico, sobre todo después de que lo nombraran maestro.

A partir de aquel día, la relación de Minos con el colegio cambió por completo. Ahora sabía que los maestros también eran vulnerables, y acabaría aprovechándose de eso, aunque no engalanando montes de mierda con banderas.

No tardó en comprender que la mejor manera de aterrorizar al alférez era saber siempre un poco más de lo que sabía él. En el caso del alférez, no era muy complicado, porque su relación con la historia y la geografía se podía calificar de somera, pero, después de los búlgaros, la gramática era su peor enemigo.

Minos se convirtió en la lumbrera de su clase sin mayores complicaciones. Aquello le daba cierta sensación de poder sobre el maestro y también sobre los demás alumnos. Cuando había un examen, los otros acudían a él y pedían sentarse a su lado para poder mirar su hoja a hurtadillas.

Pero Minos nunca dejaba que los niños de derechas se sentaran a su lado. Ya tenía amigos de los que ocuparse, sobre todo Jristos el Negro, que sentía por los libros una aversión patológica.

Nunca leía nada, pero se las arreglaba, porque Minos le hacía los deberes, y cuando había un examen, Minos le escribía en el bajo vientre todas las respuestas a todas las preguntas que se le ocurrían con la letra más pequeña posible.

Por supuesto, el alférez sospechaba que Jristos el Negro se estaba copiando y le tendía muchas trampas para pillarlo con las manos en la masa. Por ejemplo, fingía que no estaba mirando en su dirección y luego se abalanzaba sobre él por sorpresa y buscaba debajo del banco y en su mochila.

Pero Jristos siempre estaba preparado. Cuando el alférez, con cara de decepción, regresaba a su mesa, Jristos no tenía más que sacarse el pito para que brotara el conocimiento.

Sin embargo, el equipo de derechas también tenía su lumbrera. Se trataba del hijo de Dimitreas el Pequeño, que por algún motivo, seguro que no por herencia, era perspicaz y resuelto. Era, sin discusión, el mejor en aritmética y tenía incluso sus propias teorías.

Discutía con el alférez, que afirmaba que dos ovejas y tres cabras no podían dar cinco porque no se pueden sumar cosas distintas. Pero el hijo de Dimitreas el Pequeño aseguraba que sí que daba cinco, porque no se suman ovejas y cabras sino números.

El alférez se quejó a Dimitreas el Pequeño, y el alumno quedó convencido de que estaba equivocado con un par de bofetadas certeras.

—Si el maestro te dice que una cosa es así, ¡es que es así! —le dijo con un rugido antes de atizarle el primer golpe—. ¡Y te callas! —vociferó para rematar la idea, y le encajó el segundo golpe, para que no quedara ninguna duda de que lo decía en serio.

Por lo general, era común que el alférez se chivara a los padres para mantener a raya a los niños. Sabía que los padres estaban de su lado y la mayoría sólo le aconsejaba una cosa:

–¡Ni te lo pienses! ¡Dales una buena, que se hagan hombres!

Como era natural, el alférez estaba contentísimo con el consejo. Tenía dos varas con las que golpeaba a los niños en la palma de la mano si se trataba de una falta leve y en las muñecas, donde dolía una barbaridad, si se trataba de una infracción más grave. A los niños les pegaban bastante, incluso aunque no hicieran nada. A veces sucedía que, cuando unos niños estaban en silencio jugando a las damas, pasaba un adulto por su lado y sin motivo alguno les daba un par de bofetones sólo para que no bajaran la guardia.

Los adultos llegaban a hacer bromas sobre aquello. Si un niño hacía algo que no debía, los adultos preguntaban si había recibido su ración diaria de golpes.

–¡Ven aquí que te dé un sopapo! –decían los adultos con tono imparcial, y el niño no podía hacer otra cosa. Se acercaba y se ponía a su disposición.

Además, los adultos tenían su golpe favorito: el que se da con la mano abierta en una nuca preferiblemente despejada para este propósito. Este tipo de golpe no causaba más sufrimiento, pero, sin embargo, era bastante más sonoro.

En Yalós había dos fenómenos que recibían muchos apelativos cariñosos, el pene y este golpe, que a veces llamaban la bendición, a veces el benefactor, el despertador, el caramelo, el que te hace pensar, el regio y mucho más.

Si un adulto deseaba dar este tipo de golpe, no tenía más que ordenar:

–¡Inclínate!

El niño agachaba la cabeza y recibía su bendición. Si se consideraba que el sonido que había producido no cumplía los criterios de una bendición en condiciones, el niño tenía que volver a agachar la cabeza.

No era fácil descifrar las reglas por las que se regía la relación entre los niños y los adultos. Los niños tenían que acostumbrarse a la arbitrariedad total. Toda regla valía siempre y cuando también valiera su contraria.

Ser niño en Yalós era como navegar en un barco sin timón por un mar completamente desconocido lleno de peligrosas corrientes.

Era obvio que los adultos conspiraban contra los niños, mientras que por parte de los niños no había ninguna conspiración equiparable. A través de la bendición los adultos transmitían la jerarquía que existía entre ellos y esperaban que los niños la entendieran.

En otras palabras, era casi un honor recibir un guantazo del alcalde. Si, por el contrario, un yalita menos prestigioso se tomaba la libertad de pegarle a un niño de una familia mejor, las cosas podían cambiar.

El derecho de los adultos a repartir bendiciones estaba bien cimentado y lleno de matices. Todos los adultos tenían derecho con algunos niños, pero no con todos. Los niños tenían que hacer un esfuerzo para ser capaces de calcular qué bendiciones eran legítimas.

No era tarea fácil, pues suponía un entendimiento muy profundo de la estructura interna de la sociedad. Pero independientemente de lo complicada que fuera la tarea, había que resolverla. Era la única forma de defenderse de bendiciones que no procedían.

Naturalmente, el colegio era un reflejo de la sociedad. Había que conseguir una posición ante el maestro, para que no pudiera castigarlo a uno a todas horas, y había que conseguir una posición ante los demás niños.

Existían muchas formas de lograrlo. Por supuesto, la más común, pero también la más difícil, era ser «bueno», como solían decir.

A todo maestro le interesa demostrar que los buenos reciben recompensas mucho más allá de la nota en sí. Un alumno bueno puede permitirse libertades que, si se las tomara un alumno menos bueno, se clasificarían prácticamente como un caso para el tribunal militar.

Ser bueno se convirtió en el arma de Minos contra la autoridad del colegio. Jristos el Negro escogió otra. Se comportaba como le venía en gana y aceptaba el castigo con una sonrisa. Después de hacerlo varias veces, se apreciaron los siguientes efectos:

1. El maestro, es decir, el alférez, empezó a dudar de sus métodos.
2. El respeto de los alumnos por Jristos el Negro se elevó al máximo, y se convirtió en un héroe.

Al alférez no le quedó más remedio que dejar a Jristos en paz. Ni tan siquiera él quería crear mártires y héroes. La táctica de Jristos el Negro requería nervios de acero, coherencia y coraje.

Una tercera forma, bastante más común, era hacerle recados al maestro. Espiaban a otros alumnos, daban información sobre lo que hacían cuando no se encontraban en el colegio, iban a casa del maestro a limpiar y, a veces, llevaban unos huevos o, si eran muy tontos y necesitaban mejores notas, una gallina que le daban los padres; en suma, había que complacer al maestro de todas las formas posibles.

De ese modo, en el colegio existía la misma estructura que en la sociedad de los adultos: los intelectuales, los héroes y los traidores. Y en medio se encontraba el pueblo, en el caso del colegio, el resto de los alumnos, aquellos a los que castigaban el maestro y sus secuaces, guiaban los héroes y enaltecían los intelectuales.

Los traidores y los secuaces eran muchos; los héroes, pocos, y los intelectuales, menos aún.

El humo de mi chimenea

El maestro llevaba ya cuatro años fuera. No era la primera vez que estaba en la cárcel. Mucho antes, durante la Primera Guerra Mundial, lo internaron en una cárcel militar a las afueras de El Cairo.

Se había acostumbrado, por así decirlo, a estar dentro y la estancia en la cárcel no lo destrozó como destrozó a muchos de los otros. Con el tiempo llegó a ser algo así como un líder para sus compañeros presos, lo que llevó a los alemanes y a sus lacayos griegos a tratarlo con mucha más crueldad.

Se pasaron incontables días y noches golpeándolo sin parar, y en un par de ocasiones lo sometieron a simulacros de ejecución. Creían que así lo iban a subyugar, pero el maestro volvía del simulacro de ejecución más fuerte que antes, más pertinaz que antes. Estaba seguro de que llegaría a terminar su experimento con plantas y árboles en el huerto del colegio.

En la cárcel, pasaba la mayor parte del tiempo dejando por escrito los destinos y el sufrimiento de todos sus compañeros presos. Pensaba guardarlos para los niños. Pensaba guardar todos los relatos de valor, locura, generosidad y odio para sus propios hijos, para todos los demás niños.

El resto de los presos, que estaban al tanto, conservaban cualquier trocito de papel, puesto que no era fácil de conseguir; paquetes de tabaco, sobres, los márgenes de una página de periódico, lo aprovechaban todo.

El maestro escondía las notas en un bolsillo extra que se había cosido en los pantalones. Con el tiempo, las notas se convirtieron casi en un libro. Se imaginaba ya rodeado de niños y leyendo en voz alta. No había forma de que aquella imagen lo abandonara, ni cuando dormía ni cuando estaba despierto. La libertad y la paz eran leerles en voz alta a los niños. Eso era típico de él. El maestro siempre había vivido un paso por delante de todos los demás y un paso por delante de sí mismo. Aquello hacía de él una persona clemente y severa a la vez. Hacía de él algo tan excepcional como un fanático compasivo, uno que perdonaba cualquier descuido ajeno, pero no se permitía ninguno propio.

Los presos no estaban tan completamente aislados del mundo como los alemanes creían. Las mujeres y otros parientes de muchos de ellos se habían mudado a Esparta para estar cerca. Los presos sabían muy bien cómo iba la guerra y el Ejército Rojo tenía más fama que nunca.

Los presos incluso habían bautizado a su equipo de fútbol como Ejército Rojo y, cuando jugaban contra sus guardias, se dejaban el alma entera en los partidos. Los guardias, que eran más fuertes y estaban mejor entrenados, no podían ganar a los campesinos griegos, que luchaban en total secreto por un futuro mejor, luchaban por un mundo libre, y que celebraban cada gol cantando calladamente el himno partisano.

Adelante, ELAS, por Grecia
Adelante por la Libertad y la Justicia

A veces los presos y los guardias hacían apuestas, y los presos siempre apostaban lo mismo por su victoria, que les permitieran estar despiertos y juntos dos horas más por la noche.

Esas horas eran una auténtica fiesta. Los presos podían reunirse en la sala grande, cantaban a voz en grito todas las canciones que conocían, o contaban historias, y los que sabían escribir les escribían las cartas a los demás o les leían las cartas a los que no sabían.

Entre los presos había muchos analfabetos. No eran pocos los que firmaban con una cruz en lugar de su nombre. Pero el maestro se ocupó de ellos. Todas las veces que el equipo de fútbol peleaba por conseguir las dos horas libres, los reunía y les enseñaba.

–¡Unos años más en chirona y tendremos que irnos a la universidad! –decían en broma los internos, que aun así se alegraban de por fin saber escribir su nombre. Se alegraban de ver que si conseguías retener en la cabeza las veinticuatro letras del alfabeto podías leerlo todo; pero todo, desde los periódicos hasta la Biblia.

Entre esos alumnos había uno que superaba a todos los demás en diligencia. La primera vez que logró leer una palabra entera sin mover los labios, rompió a llorar. Lloraba como un niño y abrazó al maestro y lo besó en las mejillas y también el maestro estaba conmovido, pero sólo se le notó en que le temblaba el labio superior.

Ese alumno avanzó muy rápido. No tardó en escribir por su cuenta y entonces el lenguaje empezó a desbordarlo, literalmente lo desbordaba. Iba murmurando para sí, inventaba canciones y no había forma de que se terminaran las canciones. Parecía como si se le hubiera abierto un agujero en el corazón, y todo lo que había ido almacenando en el transcurso de los años y de los siglos hubiera empezado a brotarle.

Los otros presos aprendieron las canciones, cada uno escogió la suya y se la aprendió de memoria, porque no tenían mucho papel y había que salvar las canciones de alguna forma. De modo que los presos iban dando vueltas por sus celdas portando una canción en el pecho, preñados de libertad.

Pero también había un grupo de presos a los que no les interesaba nada, no eran presos políticos, eran delincuentes comunes. La mayoría eran anticomunistas fanáticos y aunque no les gustaran los alemanes, odiaban a los comunistas con todas sus fuerzas.

Se avergonzaban del cruel destino de tener que compartir celda y patio con los Rojos. Iban por su cuenta, rara vez respondían cuando se les hablaba y por lo general hacían cuanto podían por dejar clara su postura con respecto a los Rojos.

A veces conseguían meter drogas en la cárcel y cuando se encendían los cigarros bien cargados, reinaban la calma y la tranquilidad, pero cuando no tenían nada que fumar andaban siempre irritados y buscando pelea.

Los guardias los animaban a agredir a aquellos Rojos miserables, y algún que otro preso político acabó con varios dientes sueltos y la nariz rota.

Los presos políticos intentaron varias veces acercarse a ellos. Los comunistas sobre todo querían aprovechar la oportunidad para convertir a esos «ladrones de gallinas», que era como los llamaban, puesto que no eran delincuentes importantes, pero si eres un ladrón de gallinas pues eres un ladrón de gallinas, y si van a convertirte, entonces tiene que ser un gendarme, no un Rojo, el que obre el milagro.

Los presos llevaban mucho tiempo esperando el hundimiento del ejército alemán, y cuando se produjo, no pilló a nadie por sorpresa. Pero aun así su alegría fue monumental y, sin haber intercambiado una palabra, todos comenzaron a gritar «hurra» y «viva Grecia», «viva el socialismo» y sus vivas se oían incluso en la ciudad.

Los guardias se apresuraron con las metralletas y los perros y trataron de callar a los presos, pero fue del todo imposible. Ni cuando los guardias lanzaron disparos de advertencia bajaron la voz.

Al cabo de un rato, se reunieron delante de la cárcel multitud de mujeres y familiares, y cuando oyeron los disparos se desesperaron y llegaron a gritar y a lamentarse: ¡Asesinos! ¡Los están matando! ¡Asesinos!

Los guardias quedaron aún más desconcertados. El comandante de prisión no sabía qué hacer. Lo único que sí sabía era que no podía liberar a los comunistas, eran órdenes estrictas de su superior de Atenas.

Pero aquello amenazaba con convertirse en un motín. Los presos estaban como locos y la gente congregada fuera de la cárcel estaba como loca. Los guardias tenían miedo, su vida corría peligro, y en cualquier momento podía cundir el pánico. El maestro intentó calmar a sus compañeros. Intentó que esperaran unos días, la situación terminaría aclarándose. No hacía falta derramar sangre griega, pero ahora no había lugar para la razón. Los presos, que tanto llevaban esperando la libertad, no podían esperar ni un día más. Se agolpaban delante de las ventanas de las celdas y gritaban a los guardias, ya con súplicas, ya con amenazas.

–¡Abrid las puertas, hermanos!

–¡Vais a pagar por esto!

–¡Un día nos veremos las caras ahí fuera!

Tampoco era muy complicado provocar a los guardias. Durante aquellos cuatro años se habían hartado de los «búlgaros», se habían hartado de las lloronas de sus mujeres.

–¡Cierra la boca, o entro y te hago papilla!

–¡Ven si eres hombre!

–Rojo del demonio, ¡espera y verás!

El baño de sangre parecía inevitable. La solución llegó de una sección inesperada. Mientras los guardias estaban completamente concentrados en los presos políticos, los ladrones de gallinas vieron su oportunidad y la aprovecharon.

Corrieron al patio trasero y de allí escaparon por una puertecita, cuyo único vigilante no se atrevió a disparar.

Cuando los delincuentes comunes consiguieron salir, la multitud que aguardaba acudió corriendo a ellos, porque creían que los ladrones de gallinas eran familiares y amigos. Los ladrones de gallinas les gritaron insultos muy groseros a aquellas «putas rojas y proxenetas», y la gente se puso furiosa y empezó a tirarles piedras y a devolverles los insultos y avisaron a los guardias, y los guardias salieron, y detrás de los guardias salieron corriendo los presos políticos.

De repente, los guardias y los presos confraternizaron a la hora de perseguir a los ladrones de gallinas. La antigua caza del hombre, los justos contra los injustos, los había unido. Fueron capturando a un ladrón de gallinas tras otro y los volvieron a meter en sus celdas.

El maestro fue el último en salir a la calle. Era asombroso. Se había pasado los últimos cuatro años deseando que llegara aquel instante, pero ahora le parecía vacío y extraño.

A lo lejos vio la caza que estaba llevándose a cabo. Tuvo una visión clara y dolorosa de la guerra que no tardaría en llegar; los justos contra los injustos.

Pero nadie sabría quiénes eran los justos.

El maestro había juntado todas las notas, había guardado con cuidado la ropa sucia, no quería dejarse nada, cuando se fuera de allí, tenía que irse del todo.

Miró a su alrededor. Vio la cámara de tortura, vio el muro contra el que lo habían colocado dos veces para ejecutarlo, recordó el color del cielo esas dos mañanas, cogió el ladrillo que había sido su almohada durante cuatro años y le dio un beso.

–Tú te puedes quedar –le susurró al ladrillo, que tenía manchas de la grasa del pelo en algunos sitios.

Y allí estaba ahora en la calle, a su espalda tenía los altos muros y ante sí, un largo camino a casa. Fue dando un paso tras otro en dirección a Yalós.

Siempre te querré

Y entonces llegó el bendito verano de 1944. Fue un verano muy cálido. La tierra estaba seca y los caminos que conducían a Yalós, polvorientos. A veces soplaba una ráfaga de viento repentina proveniente de la montaña, y llegaba una ola de calor que olía a acebo y a pino. Todo el mundo tenía prisa por volver a su vida normal. Se veía gente por todas partes reparando su casa, revisando el establo y la cuadra, las mujeres volvían a hacerse vestidos de fiesta y los niños tenían ganas de ir al mar.

El tío Stelios se los llevó a la granja de la familia, Pedro el Santo, a las afueras de Yalós. Fue la primera vez después de que estallara la guerra. La guerra no había llegado a la granja. La casita seguía en su sitio, aunque le hacía falta una mano de pintura, las higueras estaban cargadas de frutos, las uvas absorbían la luz, el viento salado del mar llegaba allí como siempre; pero, sobre todo, el anciano y gigantesco roble seguía en medio de la granja.

Tiempo atrás, el tío Stelios les construyó a sus nietos una cabaña en lo alto del árbol. Los tres hermanos pasaban allí las noches de verano y Minos, que era el menor, dormía en el medio. Escuchaba la conversación de sus hermanos adultos, sobre muchachas, sobre jugadores de fútbol famosos, sobre sus alegrías y sus penas.

A veces también subía el maestro a la cabaña y se sentaba a hablar con ellos; conversaciones serias y muy largas sobre socialismo, sobre la nueva sociedad que había que construir algún día, sobre la felicidad del hombre nuevo.

Minos recordaba aquel tiempo feliz de voces serenas, los juegos de los hermanos, su primer cigarro hecho de hojas secas de parra. Pero ¿eran felices de verdad? Minos había ido tomando conciencia de lo estrechas y complejas que eran las relaciones de la familia. Yorgos era el primer hijo del maestro. La madre de Yorgos había muerto con veintidós años cuando el niño sólo tenía dos. El maestro se hizo cargo de su hijo completamente solo. Es cierto que esa situación duró sólo un par de años, pero bastó para convertirlos en padre e hijo de una forma totalmente distinta comparada con los otros hijos.

Antonia, que tuvo a Minos después de varios abortos peligrosos, estaba unida a su príncipe de una forma más profunda y más íntima que con su primer hijo, Stelios.

En cambio, el tío Stelios estaba locamente enamorado de Stelios y hasta los demás pensaban que Stelios era el más apuesto y el más vivaz de los tres. Maria la Santa, que tenía que pensar en su conciencia, era abiertamente cariñosa con Yorgos, pero en el fondo también adoraba a Stelios.

Era una red de relaciones y alianzas peculiar, que se ponía de relieve cada vez que surgían conflictos en la familia. Minos acudía corriendo a la madre; Yorgos, al padre; Stelios, al abuelo, y por encima de todos ellos, como jueza suprema, se encontraba Maria la Santa.

La relación entre los hermanos no era sencilla. Los dos mayores sentían una fuerte necesidad de proteger al menor, pero incluso ahí había una rivalidad. Por otro lado, Yorgos era consciente de que no era hijo de la familia al cien por cien, aunque todos intentaban que se olvidara de aquello.

Minos tenía mejor trato con Yorgos, pero estaba orgulloso de Stelios. Porque Stelios era uno de los mejores jugadores de fútbol de la historia de Yalós, porque Stelios era el que tenía aquel cuerpo larguirucho y rápido, la mirada verde y la misma sonrisa distante que el padre.

Stelios era el que contaba cuentos y Yorgos, el que hacía los deberes. Y al final eso es lo que hay. Una familia dentro de la familia. Al principio Minos no sabía que Yorgos era su hermanastro. Se enteró de casualidad. Una tarde se dedicó a rebuscar entre las cosas del dormitorio de sus padres. Entre libros, papeles y demás, encontró una foto antigua, una foto marrón con una mujer joven de grandes ojos tristes.

No había visto nunca a aquella mujer. Llamó a Yorgos, que estaba en casa, y le preguntó quién era la mujer desconocida. Yorgos se puso un poco blanco y se quedó callado un momento, pero después dijo que era su madre.

−¿Entonces tú yo no tenemos la misma mamá?

−¡No! Yo tenía otra mamá.

−¿Y dónde está?

−Se murió.

−¿Y tu papá?

−Nuestro papá es el mismo.

−¿Nuestro papá es el mismo?

−Sí, es el mismo. Papá estuvo casado antes.

−¿Con una mujer que no era mamá?

−Sí, con mi mamá.

−¿Y mi mamá lo sabe?

−Pues claro que lo sabe.

−Pero ¿entonces no somos hermanos?

−Sí que somos hermanos. Si tenemos el mismo padre.

−Ya, pero no somos hermanos del todo.

−Que sí, que sí que somos hermanos del todo.

Minos estaba a punto de echarse a llorar y quería que le confirmaran su parentesco con Yorgos una y otra vez.

−¿Y si no somos hermanos?

−Pero claro que somos hermanos. Si tenemos el mismo papá y ahora tu mamá es también mi mamá.

−Que sí, pero ¿y si no somos hermanos?

−¡No seas tonto, Holopitas!

A Minos sus hermanos lo llamaban Holopitas porque una vez dijo «holopitas» en lugar de «hilopites», que es un tipo de macarrones.

Aquella revelación fue una sorpresa para los dos. ¿Quién sabe qué recuerdos, si es que eran recuerdos, recorrían el cuerpo aún flaco de Yorgos?

¿Quién sabe qué fue de las primeras caricias, las primeras palabras, el sabor de los primeros pezones? El cuerpo entero recuerda, pero uno no lo sabe.

Yorgos se quedó mirando la foto de su difunta madre demasiado tiempo, pues rompió a llorar de repente; sin intensidad y sin sollozar. Sólo un llanto callado, casi imperceptible, y después salió de la habitación y Holopitas fue tras él.

Por algún motivo, no volvió a hablar sobre la madre muerta de Yorgos ni con Yorgos ni con nadie más. Yorgos era el más taciturno de los tres hermanos y luego llegaría a ser aún más taciturno e insomne. Stelios tampoco era particularmente hablador, pero le gustaba chinchar a Minos y se había inventado un montón de motes para él.

Sin embargo, ahora sólo quedaba la cabaña. El maestro no estaba, los hermanos no estaban y Rebeca no era capaz de sustituirlos, por mucho que quisiera.

A pesar de todo, fue un tiempo de paz. El tío Stelios, que cada vez veía peor, se pasaba el día entero con Minos y Rebeca. Les contaba historias de su larga vida y a veces les preguntaba a los niños por las estrellas que ya no podía ver o por gente que pasaba por la granja.

Maria la Santa andaba ocupada con la comida y con distintos tipos de mermelada y leía sus libros santos y se preparaba para la otra vida al tiempo que estaba atenta a esta, sobre todo a Minos y Rebeca.

Todos los días, Antonia daba un paseo por Yalós y luego subía a una colina y desde allí contemplaba el camino, aquel camino por el que un día regresarían sus hijos y su marido. Pero el verano se acercaba a su fin y aún no había vuelto nadie. Dentro de poco llegaría el momento de regresar al pueblo.

Fue el último día. La familia acababa de cenar y se habían sentado a la sombra del roble. De pronto, y sin motivo aparente, Minos se puso a gatear alrededor del árbol.

A Maria la Santa, que, por supuesto, era muy supersticiosa, se le enardeció la voz y le preguntó:

–¿Vienes o vas?

Minos miró a su abuela, la miró a aquellos ojos que parecía que estaban ardiendo y comprendió que debía responder:

–¡Vengo!

Maria la Santa soltó un profundo suspiro y le pasó a Antonia el brazo por los hombros.

–¡Van a volver, ya verás!

Cuando un niño que ya no tiene edad de gatear, y desde luego no era el caso de Minos, que era lo bastante mayor como para tener hijos –¡mejor callar!–, gatea, significa que alguien va a venir o alguien se va a ir. Sólo se puede saber de qué se trata cuando el médium que se ha puesto a gatear haya dado su respuesta a la pregunta.

El tío Stelios, pese a su reducida visión, fue el primero que divisó a lo lejos la figura negra en el polvoriento camino que conducía a la granja.

Parecía que la figura negra se movía deprisa, y Maria la Santa se santiguó por la sospecha disparatada de que pudiera ser el mismísimo diablo el que se acercaba con paso rápido.

Pero no era más que una mujer mayor, una amiga de la familia, y no venía corriendo en absoluto, sino que fue el polvo que se levantaba tras ella lo que los confundió.

Cuando la mujer se acercó, agitó los brazos y gritó algo, pero soplaba viento del mar y no podían oírla.

–Será que hay fuego en algún sitio –murmuró el tío Stelios.

–Cállate, ¡so desalmado! –le dijo entre dientes Maria la Santa.

La mujer se acercó por fin lo bastante y se enteraron de qué era lo que gritaba, y después se armó un gran revuelo; todos besaban a todos, todos lloraban y todos reían. El maestro, el padre, el yerno, había regresado a Yalós.

—¿Qué os dije? —preguntó radiante Maria la Santa mientras colmaba a la anciana mensajera de todos los regalos que se le ocurrían.

La mujer recibió incluso un puñado de sal, pues la sal era muy cara y escasa en aquella época. Además, se usaba de muchas formas aparte de como especia. Por ejemplo, uno puede librarse de los invitados molestos si echa un poquito detrás de la puerta.

Si alguien llega con buenas noticias, debe recibir una recompensa, es lo que marcan las costumbres. Si son malas, entonces es peor, claro. Ya en la antigüedad era peligroso llevar mensajes aciagos. Las cabezas de los mensajeros peligraban bastante en aquel tiempo.

Una de las muchas características de la cultura griega es el no distinguir de forma tajante entre persona y cosa. Los romanos fueron los primeros que se inventaron esa distinción, que es cierto que ha traído más problemas que cosas positivas, puesto que llevó a que la gente pudiera distinguir entre sus actos y sus palabras, podía decir una cosa y hacer otra.

Si un sátiro y un sádico defendía altos principios morales, se decía que sus principios eran buenos y que no vivía según ellos, pero que eso no tenía nada que ver.

Los griegos, en cambio, decían que eso eran tonterías. Si un sátiro y un sádico tenía el descaro de defender estrictos principios morales, entonces había que coger los principios y metérselos donde correspondía, en el culo. Puesto que también un simio o un loro pueden aprender a recitar principios, pero la coherencia entre el principio y el hecho es el criterio decisivo.

Pero, naturalmente, esta forma de pensar también tenía sus limitaciones; entre otras, conllevaba que el oficio de mensajero fuera peligroso, cosa que se lamenta en muchas tragedias clásicas griegas.

Sin embargo, esta mujer no debía temer nada. Había llegado con buenas noticias. De modo que recibió regalos y la cubrieron de palabras afectuosas. Era como si ella misma fuera responsable de la noticia. Aquella cálida tarde vivieron una felicidad enorme en torno al anciano roble. Minos y Rebeca se pusieron a bailar, Antonia lloraba, el tío Stelios no dejaba de murmurar «la madre que me parió» y su mujer estaba todo el rato reprendiéndolo «calla, so desalmado», y hasta la mensajera lloraba, sepa Dios por qué. Minos y Rebeca se pusieron a bailar. Por primera vez en mucho tiempo volvieron a tocarse. Sus cuerpos volvían a estar cerca y ya no eran unos niños.

En honor a ese día, les dejaron a Minos y Rebeca el último burro del arrendatario para que bajaran al mar. Minos lo había pedido muchas veces, pero Maria la Santa se había opuesto en firme. Sólo si los acompañaba un adulto podrían cabalgar hasta el mar, pero no había ningún adulto que tuviera ganas de bajar al mar corriendo.

Sin embargo, hoy podían hacer todos lo que quisieran. Además, Maria la Santa había empezado a confiar en Rebeca, de Minos no se fiaba. Nunca se fiaba de sus nietos, y hacía bien.

Los tres habían demostrado muy pronto un vivo interés por las muchachas. Maria la Santa no olvidaría nunca el escándalo que estalló cuando pillaron a Yorgos in fraganti con la hija del arrendatario. Recordó el dicho de su madre acerca de los bisnietos:

–¡Tienen un caballo en la cabeza y un macho cabrío entre las piernas! –había dicho la anciana, y con cierto orgullo añadió:

–¡Y les viene de su bisabuelo!

Pero Maria la Santa no sentía ningún orgullo, sólo miedo al escándalo y a lo que pudieran decir los yalitas y a lo que pudiera decir Dios, y aunque Dios nunca dijera nada, Maria la Santa sabía interpretar su silencio.

En todo caso, bien era verdad que el que se puso a gatear fue Minos, él fue quien recibió el mensaje secreto de los lejanos pasos del padre.

Podía llevarse el burro, pero Rebeca tenía que ir en la silla, mientras que Minos iría sentado en el lomo. Así evitarían todo contacto entre los dos jinetes.

Les dieron unas rebanadas de pan y un puñado de aceitunas. El agua podían cogerla por el camino cuando pasaran por la Virgen de las Muchas Aguas, la bonita iglesia de las fuentes.

Fueron cabalgando sin hablar. El aire era ardiente, y cada vez que soplaba viento del mar llegaba el aroma de Rebeca como un recuerdo de las lejanas noches en las que una nube azul surgía de su cuerpo dormido. Minos cerró los ojos e intentó soñar el viejo sueño de siempre, pero el sol era demasiado fuerte, no llegaba a hacerse la oscuridad tras sus párpados. Únicamente había una luz distinta o, más bien, numerosas luces, como si mirara a través de un cristal tintado, como si mirara por una de las ventanas de la iglesia de la Virgen de las Muchas Aguas.

Rebeca llevaba el burro con suavidad y delicadeza. Ella también soñaba, pero sin cerrar los ojos. Cabalgaba dándole la espalda a Minos, pero tenía en ella ojos y manos, y lo abrazaba aunque no lo estuviera tocando. Y el sol estaba demasiado fuerte y Minos estaba demasiado cerca y demasiado lejos.

Se detuvieron en la iglesia, llenaron las jarras de agua fría, se refrescaron sin mirarse, consciente el uno del otro, enamorados.

Y volvieron a ponerse en marcha y de repente vieron el mar. Vieron el mar al mismo tiempo y era la primera vez que veían el mar. El burro se detuvo solo, como si hubiera sentido la maravilla que se extendía ante sus jinetes.

Podían llevar la vista todo lo lejos que quisieran y el agua nunca se terminaba. El rugido de las olas, el rugido eterno que habían oído miles de personas antes que ellos, viejos y jóvenes, que siempre había sido el mismo; el mismo rugido salado, siglo tras siglo, y Rebeca ya no pudo soportar más el milagro sola, alargó la mano y Minos se la cogió y se quedaron ante el mar mucho, mucho tiempo.

Juntos oyeron el mar, juntos vieron el mar, y supieron que nunca más en su vida estarían así de cerca de aquel prodigioso animal, de aquellas aguas azules donde el cielo llevaba cientos de miles de años ahogándose cada día.

¿Por qué les flaquean tanto las rodillas a los amantes? ¿Por qué se arrastran los cuerpos hacia la tierra con una fuerza inexplicable e irresistible? ¿Por qué es tan blando el suelo?

¿Por qué las manos y los labios conocen todas esas caricias y besos, como si las caricias y los besos dormitaran en las manos y los labios?

¿De dónde provenían todas esas palabras nuevas? ¿De dónde provenía toda esa certeza, toda esa confianza que mueve a dos niños a ponerse el uno en manos del otro?

¿Por qué los labios de ella precisamente? ¿Por qué precisamente los de él?

–¡Te voy a querer siempre!

–¡Ahora ya eres mi marido!

Después se bañaron completamente desnudos, disfrutaron de sus cuerpos, disfrutaron de la nueva calma que acariciaba sus miembros, y el sol casi se había puesto, el sol había vuelto a descansar en el mar de la infancia, en el mismo mar ante el que Rebeca y Minos se habían hecho mujer y hombre.

–¡Te voy a querer siempre!

–¡Ahora ya eres mi marido!

El mar recibió aquellas palabras decididas, no le interesaban, pero aun así las propagó, las palabras cabalgaron como delfines en la risa de las olas y se perdieron muy lejos para que nunca más pudieran desdecirse.

Rebeca y Minos lo sabían.

El bendito verano

Fue la época del retorno al hogar. Durante la última parte del verano de 1944 no hubo un solo día sin que alguien volviera a Yalós; hombres y mujeres que habían estado en la montaña con los partisanos, otros que habían sobrevivido a los campos de concentración y a las cárceles.

Cada día tenían lugar escenas de alegría desenfrenada en alguna casa, en algún barrio de Yalós. Volvieron a oír reírse a las mujeres, vieron que se echaban las cortinas de las alcobas varias veces en pleno día sin motivo aparente, y los ancianos yalitas llevaban la cuenta en el café. ¡Había que estar al tanto de para qué valía la juventud!

–¡Mira, ya las están echando otra vez!

–¡Vaya conejos!

–¡Tú a lo tuyo, viejo verde!

–¡Se ve que tú ya necesitas una grúa!

–¡Y una mierda! Es ella la que se ha retirado...

–Ya, ya... Eso es lo que dicen todos.

–¡Me importa una mierda lo que digan los demás! ¡Yo digo las cosas como son!

–No te enfades, hombre... ¡Alégrate de que al menos puedes mear! ¡Hay muchos que no pueden!

–Claro, claro... Pero ¡si te he visto de pie y te quejas y vas dando tumbos como si estuvieras mareado!

–Pues eso digo. ¡Que te alegres de que al menos puedes mear!

–¡Baraja y reparte de una vez, joder! ¡Parecéis cotorras!

–¡Qué suerte tienes de poder pensar sólo en las cartas!

–¡Ponte a cuatro patas, que te vas a enterar!

–Ja, ja... ¡El chiste del día!

Después seguían con la partida de cartas o el recuento silencioso de las bolas amarillas del rosario, una tras otra, una y otra vez, y esperaban a que los que habían vuelto por fin se alejaran de la cama y sus mieles para dejarse ver por el café y contarles lo que había sucedido.

Los ancianos querían enterarse de todo. Las historias les daban la sensación de una vida que para ellos era imposible, pero no menos deseable.

¡Ay, quién fuera joven! ¡Ensillar al semental, vérselas con el peligro cada día!

Los ancianos también tenían guerras a sus espaldas, pero eran otras guerras, sin cañones de largo alcance y fusiles. Así es. De lo nuevo se aprende algo sobre lo antiguo; nunca, o casi nunca, al contrario. Los ancianos aprenden cuando es demasiado tarde y los jóvenes no aprenden de los ancianos. Así es, sin duda.

El tío Stelios se estaba desesperando. «¿Qué me pasa?», pensaba. «¿Me estaré muriendo?»

Ya no era capaz de controlar los pensamientos más sombríos. En medio de toda aquella alegría, él iba por ahí inquieto, con una ceguera cada vez más acusada, y oía las voces y las risas, pero tenía el corazón entumecido y helado.

Cada vez pasaba más tiempo solo en casa en su dormitorio, miraba por la ventana, cuyo marco se estaba pudriendo, y le caían las lágrimas por las ancianas mejillas sin saber muy bien por qué.

Llega una edad en la que los demás desaparecen, la tierra se va acercando cada vez más, uno casi puede oír las grietas de la vejez en su propio cuerpo.

Te despiertas por la noche, te sientas en la cama, el resto está durmiendo, pero tú no te atreves a dormir porque la muerte acecha entre las mantas.

Llega una edad en la que todos morimos de soledad, en soledad.

Naturalmente, Maria la Santa creía que era Dios el que estaba castigando al viejo ateo y le recomendaba oraciones nocturnas, pero el tío Stelios confiaba más en el vino. Cada vez bebía más y con más frecuencia, a veces llegaba a empezar por la mañana, para aplacar aquella preocupación ineludible, aquella nueva pena ineludible.

Pero Maria la Santa no pensaba dejarle morir. Escondía las botellas, preparaba comida en condiciones, tan en condiciones como era posible, se aseguraba de que Minos estuviera disponible todo el tiempo.

Minos y ella construyeron un muro contra todo lo que amenazaba al tío Stelios, ella vigilaba lo pasado y Minos vigilaba lo venidero, y Minos se reía y enterraba su cabeza rubia en la voluminosa barriga del abuelo y le encendía la pipa y le cortaba con unas tijeritas los largos pelos grises que le crecían en la nariz y le hacía cosquillas y el abuelo sonreía, luego se reía y después era capaz de irse al café a oír las historias de los retornados.

Maria la Santa respiraba aliviada, y los yalitas respiraban aliviados. Porque sin el tío Stelios un café no era un café de verdad. Nadie más conocía el difícil arte de transformar una sala grande y fría en un salón cálido. El tío Stelios, sí.

Se sentaba como si hubiera nacido en la silla del café. Tan cómodo, tan a gusto. Aquel cuerpo fornido generaba un placer sereno, la serena alegría de estar entre otros cuerpos, y esa alegría se extendía y todos estaban juntos.

Los que habían vuelto podían contar historias sobre el valor, sobre la soledad en las celdas de la cárcel, sobre pueblos arrasados por el fuego, sobre puentes y campos destrozados, colegios e iglesias bombardeados.

Eran muchos los que habían vuelto. La madre de Jristos el Negro había regresado con dos niños en brazos, niños cuyo padre había muerto en batalla contra los alemanes y los batallonistas.

Pero Jristos el Negro se alegraba de tener esos nuevos hermanos, una niña y un niño, y se alegraba de volver a estar con su madre, «la mamá más guapa del mundo».

Se paseaba con ella y los dos niños por el Paseo de Yalós, y aunque muchos yalitas tuvieran alguna que otra cosa que decir al respecto, cerraban el pico, porque Jristos tenía su banda y no había yalita que quisiera arriesgarse a que les quemaran los animales o a que les reventaran las sandías en mil pedazos.

Además, su madre estaba más guapa que nunca y era la primera mujer que llevaba pantalones largos. Los años en la montaña le habían sentado muy bien. Andaba con paso rápido y ligero, tenía la mirada valiente y los hombres ya no le resultaban extraños.

Los había visto dormir, luchar, pasar hambre, sufrir y llorar. Se había hecho su amiga. La primera mujer de Yalós que se hizo amiga y camarada de hombres, tuvo que llegar una guerra para que eso pasara.

La madre de Jristos también se había encontrado con Karina la Bella, pero Karina no tenía intención de volver a Yalós. Junto a su grupo, persiguió a los alemanes hacia el norte de Grecia.

Pero hubo más que no regresarían nunca; de los tres hermanos albañiles rubios, el orgullo de Yalós, no quedaba ninguno con vida. A uno lo fusilaron los alemanes, otro cayó en la batalla, y el otro murió en Auschwitz.

Las mujeres de los difuntos se vistieron de luto y se encerraron en el silencio definitivo. Se veían mujeres sanas consumiéndose y arrugándose como manzanas que se han quedado por el suelo en invierno. La piel se ponía pálida, las mejillas se hundían, los ojos se volvían más grandes y quietos.

Mucha gente recorrió largos caminos para traer a casa los huesos de los muertos, por todas partes había mujeres buscando a sus difuntos. Toda Grecia era como una tumba gigantesca, y no era la primera vez.

Pero también había mujeres que nunca perdieron la esperanza, que sencillamente se negaban a creer que sus maridos se habían ido para siempre. Se reunían todas las tardes en el cruce, donde el camino de Esparta y el del mar se encontraban, y esperaban allí, esperaban el milagro.

Esperaban que llegara alguien, alguien que pudiera hablarles de los que faltaban, que los hubiera visto, no estaban muertos, no, estaban regresando a casa. Pero no aparecía nadie. Los muertos seguían muertos.

Rebeca era una de las que esperaban. Pasaron los meses, pero su padre y su madre no volvieron nunca. David Kalin y su mujer murieron en la última batalla que los partisanos se vieron obligados a acometer para liberar a los presos de la gran cárcel de Esparta.

Muchos de los presos se escaparon durante la revuelta que tuvo lugar el primer día, cuando los alemanes se marcharon de Esparta. Pero los batallonistas consiguieron volver a encarcelar a un buen número de ellos. Precisamente en la región de Esparta los batallonistas estaban mejor organizados y eran mayoría.

Josef el Perro, que se llevó a cinco niños como rehenes cuando se retiró de Yalós, se los había entregado a los batallonistas y ahora esos niños estaban en la cárcel, como los adultos.

Pero el 10 de octubre los partisanos atacaron la cárcel. Habían movilizado las mejores fuerzas del país. Al mando estaban dos hermanos conocidos como Los Rayos, que se habían convertido en la pesadilla de los alemanes y los batallones de seguridad por sus repetidas acciones violentas.

La batalla duró un día y una noche. Cayeron unos cuantos partisanos. Los guardias estaban bien armados y combatían desde un lugar protegido. Pero Los Rayos no se rindieron. Ordenaron atacar una vez tras otra y ellos mismos lucharon en primera línea.

Durante uno de esos ataques demenciales fue cuando alcanzaron a David Kalin. Su mujer avanzó para socorrerlo, y la atravesaron las balas.

Los Rayos prosiguieron. Hacia medianoche lograron entrar solos en el patio de la cárcel y solos silenciaron la ametralladora de los guardias. El comandante de la cárcel comprendió entonces que la batalla había terminado. Trató de negociar usando la vida de los presos y de los niños como garantía, pero era demasiado tarde. Una vez silenciada la ametralladora, los partisanos saltaron al patio de la cárcel como si fueran sólo a robar unas peras. Una hora después había terminado la batalla. Desarmaron a doscientos guardias, los presos salieron de las celdas y en ellas metieron a los nuevos presos. Los recién liberados corrían hacia los partisanos y los besaban con lágrimas en los ojos.

Todo el mundo quería hablar con todo el mundo, pero Los Rayos no se daban tregua. Dejaron un reducido equipo para vigilar la cárcel y para enterrar a los muertos, después cogieron a los niños y a los demás presos y se pusieron en marcha.

Fueron de pueblo en pueblo entregando algunos de los liberados a las familias. En cada pueblo al que llegaban se montaba una fiesta y repicaban las campanas de la iglesia, y un gran terrateniente que había recuperado a su hijo les donó dos caballos blancos preciosos, y en esos caballos montaron hasta Yalós.

Las mujeres que esperaban en el cruce fueron las primeras en verlos, se acercaron corriendo, encontraron a sus hijos, lloraban y reían y se besaban y todos llegaron bailando a la plaza.

Los dos hermanos iban a lomos de sus caballos blancos y la gente comprendió por qué los llamaban Los Rayos; larga melena negra, larga barba negra y una postura como si fueran príncipes de sangre azul. También se veía que eran hermanos. Sus movimientos seguían el mismo ritmo, sus brazos eran igual de largos y en sus ojos ardía la misma llama.

Cuando se acercaban al castaño detuvieron a los caballos un momento y levantaron la vista al árbol, y en lo alto estaba la banda de Jristos el Negro. Uno de los hermanos preguntó:

–¿Cómo llamáis a este castaño?

—El castaño del ahorcado —respondió Jristos el Negro.

—¡A partir de ahora lo vais a llamar el castaño de la libertad! —ordenó, y después siguieron cabalgando hacia el pueblo. Al fin estalló la alegría en Yalós. Al fin había llegado la libertad. Una libertad desarmada no es libertad ninguna, eso lo sabían los yalitas desde hacía siglos.

El pueblo entero estaba en la plaza. Incluso Dimitreas el Pequeño se vio obligado a aparecer por allí, porque los partisanos habían vencido. Ahora tocaba salir sano y salvo y esperar. Dimitreas el Pequeño no tendría que esperar mucho, pero en ese momento no lo sabía.

Sí que sabía, en cambio, quiénes eran ellos dos. Habían matado a su hermano y habían vengado al padre, que, al verse perseguido, vilipendiado y ridiculizado por la mayoría de los yalitas, se había quitado la vida colgándose del castaño. Los Rayos eran los hijos del pastelero.

Los hermanos siguieron cabalgando hasta la iglesia; como dice la canción de los viejos capitanes partisanos que liberaron a Grecia tras cuatrocientos años de ocupación turca:

cabalgando llegan a la iglesia
cabalgando reciben la bendición

Los Rayos entraron cabalgando en el mundo de la leyenda y, a través de la leyenda, en el núcleo más orgulloso del alma yalita.

Delante de la iglesia estaba el maestro y a su lado, Minos y Rebeca. Los hermanos se bajaron de los caballos y se dirigieron hacia el maestro. Se hizo un silencio absoluto en la plaza. El maestro no reconocía a aquellos hombres barbudos, y los dos se fueron acercando cada vez más hasta que, al llegar delante de él, uno de ellos preguntó con voz amable:

—¿Cuándo vas a abrir el colegio, maestro?

El maestro reconoció la voz, extendió los brazos y sus antiguos alumnos se abalanzaron y lo auparon al cielo mientras los yalitas gritaban «Vivan Los Rayos», y el maestro oía los gritos pensando en cómo habían tratado los lugareños a aquellos dos niños, y en cómo trataron a su padre. «Olvidan rápido –pensó el maestro–. Puede que sea buena cosa.» Los hermanos lo levantaban hacia el cielo y el maestro flotaba entre el cielo y la tierra, igual que su padre flotaba muerto entre el cielo y la tierra, ahorcado en el gran castaño. Los partisanos entonaron una canción.

Hermanos, si queréis ver
la libertad florecer,
¡no os quedéis quietos!
¡Ingresad en nuestras filas!

¡Muerte al fascismo!
¡Ese es nuestro objetivo!

Exigen venganza
aquellos que murieron por nosotros.
Hermanos, ¡no os quedéis quietos!
¡Uníos a ELAS!

¡Muerte al fascismo!
¡Ese es nuestro objetivo!

Los yalitas entonaron a una la canción y por primera vez resonó en Yalós cargado de esperanza el grito de guerra «¡Muerte al fascismo!». Pero el fascismo era más longevo que cualquier canción partisana.

Cuando olvidaran las canciones, cuando los partisanos ya estuvieran muertos o expulsados de su patria, el fascismo seguiría viviendo tanto en Yalós como en el resto de Grecia.

Pero aún no había nadie que lo sospechara. Aún seguían cantando aquella canción orgullosa. Aunque había muchos que no querían cantar, muchos que lucharían contra esa libertad.

Había otros que no podían cantar, porque la libertad había tenido un precio demasiado alto. Rebeca no podía cantar porque ahora tenía una horrible certeza; su padre y su madre no regresarían nunca. Aquel era el día en el que debían regresar, si es que estaban vivos. Rebeca lloraba en silencio. Ahora estaba completamente sola. Los hermanos habían muerto, los padres habían muerto. Ahora sólo le quedaba su voz secreta, pero hasta a la voz le faltaban palabras. Con cada muerte, una parte del mundo se había ido volviendo más negra y más callada, hasta que quedó negra y callada solamente.

Rebeca era incapaz de participar ahora en la alegría, igual que antes era incapaz de participar en el dolor. Recordó cuando los alemanes ejecutaron a diez hombres de Yalós, uno de ellos Markus, su hermano, recordó cómo las otras mujeres gritaban y se lamentaban y cantaban las canciones fúnebres juntas y cómo ella se quedó apartada, por su cuenta.

«Dormirás en soledad como la luna», susurró la voz secreta. Rebeca repitió:

Dormirás en soledad. Como la luna.

Y miró hacia Minos. Él estaba cantando.

LA VICTORIA PERDIDA

Los nuevos ocupantes

El 12 de octubre de 1944 abandonó Atenas el último soldado alemán. Stelios, el hijo mediano del maestro, se encontraba allí precisamente. Tenía diecisiete años y un viso oscuro sobre el labio superior. Había dejado Yalós tres años atrás. Fue en busca de los partisanos, pero era demasiado joven para portar armas. Aun así, le permitieron quedarse con ellos y se convirtió en el mensajero de la compañía partisana.

Pero Stelios no estaba conforme. Aún le quemaba la visión que lo recibió cuando encontró a Minos y Rebeca apaleados por la organización juvenil fascista en Yalós.

Había vengado a Minos y a Rebeca, los había vengado con una violencia que le resultaba estimulante y aterradora a un tiempo. Sabía cómo un cuchillo hería un cuerpo, recordaba lo que pensó cuando le clavó la navaja a uno de los muchachos que habían violado a Rebeca:

–¡Dios, que pueda ser tan fácil!

Recordaba el olor acre y cálido de la sangre, de repente la noche se había vuelto más oscura, y Stelios pensó:

–¡Dios, que pueda ser tan fácil!

Cuando los partisanos pasaban las noches vigilando sus fusiles, Stelios se quedaba por allí con ojos ansiosos, hasta que un día el capitán dijo:

–¡Llévate este!

Le dieron un Mauser. Lo sopesó en las manos, comprobó

cómo se equilibraba, le dio un beso y desde entonces quedó enamorado del fusil.

Había participado en muchas batallas y últimamente estuvo entre aquellos que mataron a un general alemán a las afueras de Esparta. Fue entonces cuando los batallones de seguridad, acatando órdenes de los alemanes, ejecutaron a todos los hombres que encontraron a lo largo del camino entre Esparta y Yalós. Encontraron un total de ciento dieciocho personas.

Una vez más se oyó el llanto por toda la región, y no tardaron en ensalzar la ejecución de Monodendri entonando distintas versiones. Estas son dos de ellas, que Stelios se sabía de memoria.

Monodendri I

Tres perdices jóvenes se posan en una rama,
Su llamada es triste, su canción es amarga.
¡Ay, qué desolación en la negra Monodendri!
¿Por qué hay allí tantos cadáveres
y un mar de sangre?
Cuentan los asesinados uno tras otro
pero es imposible contarlos,
y de pronto de los charcos de sangre se eleva
una voz lejana:
Los traidores nos han abandonado en manos alemanas.

Monodendri II

Un águila con alas de oro
volaba hacia el sol
sobre el monte Taigeto y sobre la región de Mani.
Al caer la noche descansó
en la pobre Monodendri
donde cayeron los cien valientes.
El águila tenía ramas de palma en el pico,

estrellas en las alas,
llevaba voces y saludos en las garras.
—¡Dejad de llorar, madres! ¿No oís que la tierra
se inquieta? ¿No oís que caen los troncos de los árboles
y que las piedras se quiebran en dos?
En lo alto de la montaña quedan muchos valientes.

Pero la ejecución de Monodendri no fue la única represalia por la vida del general. Los alemanes también ejecutaron doscientos presos políticos del campo de Jaidari, y toda Atenas se vistió de luto. Fue el primero de mayo de 1944, el primero de mayo más sangriento que ha celebrado el pueblo griego.

El día después de la matanza, todo el camino desde el campo hasta el lugar de la ejecución se cubrió de flores que la gente de Atenas había dejado allí arriesgando su vida.

Cuando la compañía de Stelios llegó a Atenas, fue él solo al lugar de la ejecución y se quedó un buen rato llorando. Lloraba de rabia, de pena, pero también porque sabía que el baño de sangre iba a continuar.

La situación en Atenas era confusa. El pueblo celebraba su recién ganada libertad, pero sobre la cabeza del pueblo ya había comenzado el juego, el juego que decidiría quién iba a dirigir Grecia.

Se estaban difundiendo varios rumores; algunos afirmaban que Churchill no tenía ninguna intención de permitir que el ejército de la resistencia se hiciera con el poder en Grecia, que estaba decidido a reinstaurar la monarquía.

Decía que iban a nombrar primer ministro a Yorgos Papandréu y que todo el mundo aprobaba esa solución, incluso los comunistas. Stelios estaba muy confuso. ¿Por qué iban a abandonar el poder los comunistas? Trató de averiguar cómo iba a ser aquello, pero nadie de la compañía sabía más de lo que sabía él.

Los partisanos que habían luchado y ganado la batalla contra el fascismo se habían quedado completamente fuera del juego por el poder. Sólo participaban los altos mandos que iban y volvían en avión del Cairo para negociar con Inglaterra y con los políticos conservadores.

Stelios ya no tenía nada que hacer en Atenas. Ahora también él deseaba volver a su casa en Yalós. Pero Stelios nunca llegó a Yalós. Los acontecimientos se le adelantaron.

Churchill y Yalós

Churchill buscó políticos griegos que no se hubieran comprometido demasiado, y en los que pudiera confiar para dejar Grecia en sus manos.

En un telegrama a Eden del 6 de agosto de 1944 escribió: «O apoyamos a Papandréu o dejamos de interesarnos por Grecia». De modo que Yorgos Papandréu se convirtió en la elección de Churchill. Papandréu era un anticomunista de fiar, al tiempo que mantenía una buena relación con los líderes políticos de los comunistas. Papandréu aún no se había dado a conocer como cazador de comunistas, pero su pasión por la caza no tardaría en despertar.

El 22 de septiembre de 1944 Papandréu, que ya había construido su primer gobierno en el exilio, invitó a Inglaterra a intervenir en Grecia con el ejército; tenía miedo de que el ejército de resistencia tomara el control de las regiones liberadas.

Churchill escribió después en sus memorias: «Estoy convencido de que tendremos que combatir contra el EAM (la organización política de la resistencia) y de que tendremos que afrontar ese combate, siempre que nosotros escojamos el lugar».

Inglaterra emprendió la batalla, una batalla que ya había comenzado contra las fuerzas griegas en Oriente Medio. A aquellas unidades griegas, lideradas por oficiales con inclinaciones democráticas, las desarmaron los ingleses en julio de 1943, porque adoptaron una resolución para ponerse a disposición del ejército de resistencia en Grecia.

El 18 de octubre, seis días después de la retirada de los alemanes de Atenas, llegó el general inglés Scobie con sus tropas. Los oficiales ingleses se pusieron de inmediato manos a la obra para reorganizar los batallones de seguridad. Repartieron armas, munición, comida y medicamentos, y pronto tuvieron lugar los primeros ataques menores a unidades del ELAS.

La comida, los medicamentos y la ropa que iban a repartir entre la castigada población de Atenas acabó en las reservas de las organizaciones neofascistas. El hambre volvió a causar estragos.

En el Peloponeso, donde los reaccionarios tenían sus bastiones más sólidos, entrenaban nuevas unidades, se armaban; los simpatizantes de los nazis veían ahora su salvación en Inglaterra y se pusieron de buena gana a su disposición.

La tensión iba en aumento. En Atenas, soldados ingleses y fascistas griegos disparaban contra manifestantes. Los enfrentamientos se producían a diario en las calles de la ciudad.

Stelios no había llegado a alejarse mucho de Atenas; a medio camino de Corinto lo arrestó una patrulla inglesa. Lo volvieron a llevar a Atenas y lo encerraron en una comisaría cerca de la Acrópolis.

Así habían encarcelado a muchos, pero esta vez los presos no tenían intención de quedarse de brazos cruzados. Tampoco aquellos de sus camaradas que seguían en libertad.

Un grupo pequeño de partisanos de ELAS atacó la comisaría y liberó a los presos. Stelios volvía a ser libre y en esta ocasión no saldría de Atenas.

El 1 de diciembre, el general Scobie anunció su decisión de disolver el ELAS. Lo había resuelto así sin consultar antes al gobierno griego, lo que llevó a una crisis política. Los políticos de EAM-ELAS que formaban parte del gabinete de Papandréu dimitieron en un acto de protesta.

Scobie respondió con amenazas de estrangular la distribución de alimentos. El EAM contestó a las amenazas convocando una huelga general. El destino de Atenas estaba decidido, como el de Stelios.

El 3 de diciembre el EAM había conseguido permiso para manifestarse en la plaza de la Constitución. Unas horas antes les retiraron el permiso. Pero allí ya se habían reunido cientos de miles de atenienses. Oleadas de gente se dirigían a la plaza de la Constitución. El pueblo se manifestaba contra Inglaterra, las consignas lo dejaban claro. A los ingleses los llamaban ahora «Los nuevos ocupantes».

Soldados ingleses, fascistas griegos y simpatizantes que se habían refugiado en hoteles de lujo alrededor de la plaza de la Constitución disparaban a ciegas a los manifestantes. Pero era imposible detener al pueblo.

Cayeron muchos, pero nadie abandonó su sitio, no cundió el pánico. Los ingleses ordenaron entonces que avanzaran los carros blindados, pero el mar humano no se movía. Parecía que los atenienses estuvieran pegados a sus sitios.

Los líderes pronunciaban discursos y las banderas ondeaban al ritmo del viento de libertad, la gente respiraba aquel viento con sed, casi con ansia.

Stelios no daba crédito a lo que veía. De repente comprendió por qué era un honor ser griego, como siempre decía el alcalde de Yalós. En aquel momento se rio y decidió no dejarse engañar, pero ahora lo entendía: los griegos son capaces de morir por lo suyo. No siempre, no todos, pero sí los suficientes.

–No van a someternos –susurró para sí–. ¡No van a someternos!

Esas fueron sus últimas palabras. Un carro blindado le aplastó la espalda. No llegó a decir nada más. Sólo llegó a ver Yalós una última vez, llegó a oír a alguien que gritaba su nombre. ¿Era la voz de su padre? ¿O la voz de Minos?

Antonia, la madre ave, estaba preparando la cena justo en ese instante. Pero de pronto, mientras removía el guiso, oyó un grito horrible, estaba completamente segura de que alguien había dejado escapar un grito, pero cuando miró a su alrededor allí sólo estaba el gato, el gato al que Stelios había enseñado a correr con Minos, y una vez Minos se estrelló contra sus ollas. Antonia sonrió feliz al recordarlo y siguió removiendo el guiso. Pero el grito se hallaba en su interior.

No se enteró de que su hijo había muerto hasta mucho tiempo después. Cuando los ingleses volvieron a ocupar Atenas. Los atenienses se rindieron después de treinta y tres días de lucha.

Churchill fue en persona a la capital y colocó de vicerregente al arzobispo Damaskinós, porque un regente habían de tener.

La serpiente de Asclepio

Los sucesos que se produjeron en diciembre en Atenas resonaron por toda Grecia. Quedó claro que de ahora en adelante había que contar con Inglaterra. La resistencia griega iba viento en popa.

Mientras que el ELAS y los ingleses se sentaban a negociar en el pueblecito de Varkidsa, a las afueras de Atenas, los reaccionarios no permanecieron en la pasividad. Se organizaron, por todas partes surgieron bandas armadas que luchaban «por el rey» o por «una Grecia cristiana» o que sencillamente aprovechaban la oportunidad para cobrarse viejas deudas.

Por supuesto, en Yalós había muchos que necesitaban la protección de Inglaterra; simpatizantes de los nazis, espías y verdugos. Pero sobre todo había bastantes fanáticos anticomunistas.

Había muchos que anhelaban que volviera a la vida el difunto alcalde, Dimitreas, que había prometido transformar la palabra «comunista» en un insulto y estuvo a punto de lograrlo.

Pero los hijos del pastelero, Los Rayos, habían puesto fin a su carrera. Un brillante anticomunista menos. Dimitreas el Pequeño había ocupado el lugar del hermano, pero no era del mismo calibre. Además, ahora eran los hijos del pastelero los que tenían las armas, ahora ellos eran los señores. Pero ¿por cuánto tiempo?

En Yalós había muchos que soñaban con volver a lo anterior. Todos los que podían perder algo con el nuevo orden, otros que se ganaban el pan sirviendo a sus señores, otros que tenían familiares que eran simpatizantes o batallonistas.

Era una situación que distaba mucho de ser sencilla. El socialismo había dado un poderoso paso hacia delante, los comunistas se habían ganado el honor de la resistencia contra los alemanes, pero ahora ya no quedaban alemanes, había llegado el momento de reconsiderar la cuestión.

En muchos hogares se hablaba de los hijos del pastelero. Puede que hubieran sido héroes, pero de eso hacía mucho. Además, eran unos asesinos. Se habían cargado al alcalde, y Dios sabría a cuántos más. Y no le tenían ningún respeto a la iglesia, la familia o el rey.

No los veían nunca en la iglesia y vivían con mujeres como si estuvieran casados, a pesar de que no era así. El menor de los hermanos estaba con la madre de Jristos el Negro, y se había mudado a su casa y el sacerdote hacía alusiones durante el sermón, pero ¿de qué servía?

Poco a poco el anticomunismo fue ganando apoyos. El alma yalita era prácticamente inmune a nuevas ideas. A los señores no les gustaba ver a antiguos sirvientes como señores, y a los sirvientes no les gustaba ver a otros sirvientes como señores.

Los hijos del pastelero se sentaban en el café como grandes personalidades y contaban que pronto iban a volver a repartir las tierras, que todos tendrían lo que les hiciera falta, pero nada más. Las injusticias se iban a terminar.

Pero para la mayoría de los yalitas la justicia era como Platón la describió una vez; cada hombre en su sitio y las mujeres en la cocina.

Los hijos del pastelero decían que iban a organizar el uso de la tierra colectivamente, como en el gran país del norte, pero los yalitas se quedaron patidifusos ante la sola idea de verse obligados a trabajar juntos. Para ellos el colectivismo era lo mismo que el aeropuerto de Josef el Perro.

Los partisanos ensalzaban el poder del pueblo, pero el pueblo no sabía muy bien qué era el poder, sólo sentía su efecto. La libertad había llegado a Yalós, pero la revolución, no.

Los yalitas nunca se habían rebelado contra sus señores. Sí que habían luchado, en cambio, contra los turcos, contra los venecianos, contra los alemanes. También habían luchado por sus reyes, por los ingleses y por los franceses.

Yalós era un pueblo viejo y los yalitas eran conscientes y estaban orgullosos de sus tradiciones, de sus errores y de sus dogmas.

Las nuevas ideas no podían transformar el alma yalita. Había tardado tres mil años en formarse, tres mil años de lucha, guerra, hambre, pobreza, poder e impotencia.

Yalós eran un pueblo viejo. Los yalitas habían sido jóvenes, pero de aquello hacía mucho, mucho tiempo. En Yalós ser joven no era ninguna virtud, más bien una desgracia.

Los jóvenes tenían que obedecer, tenían que complacer y ser útiles. Los ancianos disponían del pasado y, en una sociedad como la de Yalós, el pasado es más importante que el presente.

Los ancianos siempre les contaban a los niños la primera broma yalita, la primera hazaña, y cuando esos niños se hacían mayores, volvían a contar la misma vieja historia.

Los habitantes contemporáneos de Yalós se consideraban descendientes directos de un hijo de un rey espartano. Cuando el hijo se hizo adulto y el padre no quería morir –llegó a cumplir ciento veinte años– el hijo se llevó a unos cuantos hombres y mujeres y salió al mundo para construir su propio reino en otro lugar.

Aquel grupo fue deambulando sin encontrar lo que buscaba. Pero cuando llegaron a Yalós, que aún no tenía nombre y que estaba habitado por unas pocas familias, fueron sencillamente incapaces de continuar.

El pueblo sin nombre era demasiado hermoso como para seguir buscando. Resolvieron quedarse. Naturalmente, el problema era que ya había gente residiendo allí.

Podían entablar una batalla con ellos, claro, pero una batalla traería pérdidas, y el rebaño espartano ya se había reducido considerablemente como consecuencia de enfermedades y otras desgracias. No podían permitirse arriesgar ni una sola vida humana.

Entonces averiguaron que el dios de los habitantes originarios era Asclepio. Asclepio tenía, entre otras muchas malas costumbres, la peculiaridad de que usaba una víbora como símbolo.

El príncipe espartano deliberó con sus mayores. Acordaron quedarse en el pueblo, y acordaron también difundir la siguiente mentira:

Cada uno de ellos, hombre, mujer y niño, había tenido el mismo sueño la misma noche. El dios Asclepio había aparecido y les había dicho con voz clara:

—Justo en este lugar sin nombre he perdido la serpiente, la serpiente sagrada. Ninguno de vosotros, ni uno solo puede marcharse de aquí hasta que la hayáis encontrado. ¡Pues sólo vosotros podéis encontrarla!

Así habló Asclepio y, cuando pasó un tiempo y los habitantes originarios empezaron a hacer preguntas discretas sobre cuándo pensaban retomar su viaje los visitantes, y qué buen tiempo hacía, ¿verdad?, entonces los espartanos contestaban siempre con las mismas palabras:

—¡Asclepio nos ha prohibido proseguir hasta que no encontremos la serpiente sagrada!

—¿Cómo? Pues no sabíamos que la hubiera perdido.

—Ya, pero se nos apareció en sueños y nos ordenó que nos quedáramos a buscarla. Este es un lugar sagrado, ¡un lugar sagrado pertenece a todo el mundo!

Los habitantes originarios no se creyeron esa mentira, desde luego, pero ¿qué podían hacer? ¿Acusar a toda aquella gente de estar mintiendo? Era imposible. Así que los espartanos se quedaron y siguieron buscando la serpiente sagrada.

–Una mentira nos trajo al mundo, una mentira nos alimentó y una mentira nos ha dado nuestro nombre –decía siempre el ahora difunto farmacéutico.

Desde entonces habían llegado otros dioses, habían llegado otras gentes, muchos como amigos, la mayoría como enemigos, pero los yalitas seguían siendo yalitas y todavía pueden reírse de su primera broma, de su primera hazaña.

Y los hijos de los yalitas llegaron a ser como sus padres, siempre se quedaban en el pueblo, estuvieran o no en el pueblo. Al maestro lo atormentaban estos pensamientos sombríos. Cuatro años en la cárcel no lo habían destrozado, pero se había hecho mayor. Tenía esperanzas en los niños que él mismo había cuidado, pero también esos niños se habían visto arrastrados al campo de fuerza del alma yalita.

–Nadie puede vencer a un mito –susurró el maestro para sí–. ¡Sólo otro mito!

Pero hasta el momento la serpiente de Asclepio era más fuerte.

La primera muerte

Pasó más de un mes hasta que Antonia se enteró de la muerte de su hijo. Pero desde la tarde en la que oyó aquel terrible grito, un grito que no venía de ninguna parte, vivía con la certeza de que había muerto.

No le dijo nada a los demás, porque ¿qué iba a decir? El maestro le habría sonreído, puesto que no se reía nunca, y la habría tratado como si fuera una niña que se lo había inventado. Además, Antonia solía inventarse cosas. Nació antagonista de la realidad, una cualidad que había heredado de su padre, el tío Stelios. Y es que siempre pasa lo mismo con los que cuentan historias. Acaban desconfiando hasta de sí mismos. Antonia no se atrevía a confiar en sus presentimientos, se ocupaba de la familia como siempre, luchaba por que aquella horrible certeza se disipara.

Empezó a tejerle un jersey a su hijo, que ya no estaba. Tenía sus medidas en las manos con las que lo había lavado, cambiado, bañado y peinado.

Una noche, después de la cena, preguntó el maestro.

–¿Qué estás haciendo?

–Estoy tejiendo un jersey.

–¿Para quién? ¿Estás embarazada?

–No, ¿por qué?

–Pero ¡si es pequeñísimo!

Antonia levantó el jersey a la luz nocturna. El maestro tenía razón. Era un jersey para un niño de pecho.

–Ya… Una mujer que conozco está esperando un hijo –susurró, y estaba completamente agotada.

El maestro no preguntó nada más.

Iban pasando los días y Antonia estaba cada vez más desesperada. Todos veían que algo la estaba haciendo sufrir, pero cada cual tenía sus preocupaciones.

El maestro estaba preocupado por los acontecimientos políticos, Minos estaba preocupado por Rebeca, ya no veía aquel amor que había visto una vez. Rebeca cada vez se alejaba más de él. No podía comprenderlo, no podía reconciliarse con la idea.

Pero entonces llegó la noticia. Era un comerciante que se dedicaba a viajar y que conocía a Stelios y coincidió con él en la manifestación en la que lo mataron. Cuando llegó a Yalós, buscó al maestro.

Esa noche, el maestro llegó a casa borracho por primera vez. Minos no había visto nunca a su padre borracho. Casi se asustó y salió de la habitación de inmediato.

Pero Antonia, que tampoco lo había visto nunca borracho, lo comprendió.

–Está muerto… –susurró, y debía ser una pregunta, pero no.

El maestro se limitó a agitar la cabeza. Antonia sintió que un dolor negro le atravesaba el cuerpo, perdió pie y se desplomó.

Cuando logró reanimarse, el dolor regresó. Empezó a gritar, a aullar y a arañarse la cara con las uñas. El maestro la agarraba por la cintura, luchaba contra el negro dolor que había transformado a su joven esposa en un animal salvaje y atormentado.

Minos y Rebeca entraron corriendo en la habitación. No entendían lo que pasaba, creían que Antonia estaba enferma o que el maestro le había pegado, Minos se quedó rígido observándolos.

Nunca olvidaría aquel instante. Miedo, repulsión, amor se mezclaban en su alma en un nudo que lo quería asfixiar.

Empezó a gritar de pánico, para salvar su vida, para salvarles la vida a todos.

Fue entonces cuando Antonia pudo escapar de la oscura mano de la muerte. De repente se quedó tranquila, las lágrimas le brotaban de los hermosos ojos castaños.

–Tu hermano ha muerto... –dijo.

Minos empezó a andar hacia su madre, se fue acercando cada vez más, casi se podía ver el cordón umbilical que los unía, pero ahora era él el que iba a alumbrarla a ella, era él el que le iba a dar la vida.

–Mamá –dijo Minos–. ¡Mamá!

Al día siguiente, el maestro fue a Atenas. Iba a buscar la tumba del hijo. No había estado nunca en Atenas. Se sintió viejo, había soñado con ir allí con sus hijos; iba a contarles todo lo que sabía.

Iba a explicarles por qué el Partenón era tan bonito, por qué la Acrópolis era tan bonita. Iba a llevarlos a todos los museos y monumentos. Pero ahora estaba solo. Solo y envejecido buscaba la tumba de su hijo.

Atenas era una ciudad sumida en la hambruna y el miedo. Por todas partes veía casas cuyas paredes habían destrozado a tiros, veía cientos de niños delante de los puntos de reparto de la Cruz Roja para conseguir un trozo de pan para sus padres, que por puro agotamiento ya eran incapaces de salir de la cama.

Veía a gente caerse en las aceras sin fuerzas para volver a ponerse de pie. Se quedaban tirados allí hasta que llegaba la muerte provocada por el hambre y después, los camiones que recogían los cadáveres cada mañana.

El maestro comprendió que, a pesar de todo, no era seguro que al final venciera la justicia. Comprendió que no había leyes en el mundo, sólo poder, el poder de las armas.

Fue el poder de las armas el que transformó a aquella gente en animales hambrientos, fue ese poder el que le robó a su hijo, fue ese poder el que lo convirtió en un hombre viejo y cansado, muy cansado.

Pero ¿cómo se lucha contra el poder? ¿Con otro poder? ¿Y después?

Iba buscando metódicamente. Visitó uno tras otro los cementerios de Atenas. Por todas partes había tumbas nuevas, por todas partes había tumbas pequeñas donde yacían niños, unos que no habían terminado de jugar, que no habían llegado a amar y ni a aprender.

Dios, ¿por qué? Pero el maestro no creía en Dios. Si había un Dios, era cruel.

Se pasó cuatro días buscando de la mañana a la noche, mientras pudiera leer lo que decía la cruz. El cuarto día encontró la tumba del hijo.

Sobre ella dejó un par de zapatillas de fútbol desgastadas.

Después se secó los ojos y las gafas, y se montó en el autobús de vuelta a Yalós.

Capitulación

El 12 de febrero de 1945 Inglaterra y EAM-ELAS firmaron el llamado Pacto de Varkidsa en virtud del cual el ELAS debía desarmarse y disolverse.

Nadie ha sido capaz de esclarecer por qué los comunistas se decantaron por esa postura. Probablemente se dieran cuenta de que no estaban lo bastante preparados para afrontar la lucha contra Inglaterra y trataron de ganar tiempo con ese acuerdo.

Sea como fuere, las formaciones del ELAS recibieron la noticia con gran amargura. Habían conseguido arrebatarles las armas a los alemanes con enormes sacrificios, con mucho sufrimiento. No estaban dispuestos a entregárselas sin más a los ingleses.

Pero el Partido Comunista Griego había tomado la decisión y las formaciones eran leales al partido. Por toda Grecia veían a partisanos llorando por sus armas.

Pero algunos fueron sencillamente incapaces de capitular. Algunos comprendieron que la última oportunidad para una Grecia libre estaba muerta y enterrada, y que tenían que empezar desde cero.

Aris Velujiotis, el legendario fundador del ELAS, que representaba más que nadie la resistencia contra el nazismo, decidió no obedecer la línea del partido.

Se llevó a su guardia personal, los celebrados Boinas Negras, y volvió a desaparecer en la montaña. A él lo asesinaron unos meses después, y no con balas inglesas, sino griegas.

A sus hombres los asesinaron uno tras otro, también con balas griegas.

En los cafés de Yalós debatían acaloradamente sobre el Pacto de Varkidsa, y la mayoría de los yalitas sacaron las conclusiones correctas. Los comunistas habían capitulado. Los yalitas puede que no tuvieran mucha conciencia política, pero su sentido de quién era vencedor y quién perdedor no fallaba. Por otro lado, sabían que sólo los que se encuentran en el bando vencedor tienen alguna oportunidad de salvarse. Eso también es conciencia política y, en el caso de los yalitas, era más que eso, era un instinto bien desarrollado. Los hijos del pastelero y el maestro tenían opiniones distintas. Los hermanos querían continuar con la lucha, el maestro consideraba que había que seguir la línea del partido.

La lealtad del maestro hacia el partido estaba muy arraigada en motivaciones ideológicas, pero también sentimentales. La mayoría de los líderes del Partido Comunista Griego eran oriundos de su región.

Puede que esa fuera una de las razones por las que tantos griegos recibían con tanta resistencia el comunismo. El comunismo había llegado a Grecia sobre todo con los inmigrantes de Asia Menor y el Ponto.

Los inmigrantes eran extraños y siguieron siéndolo mucho tiempo después. Hablaban su propio dialecto, tenían su propia música, sus propias canciones, y eran muy superiores tanto en el comercio como en la agricultura.

Pero la lealtad hacia el partido no era lo único que llevaba al maestro a apoyar la decisión que tomó. Le aterraba la guerra que veía venir. Era la primera vez en su vida que estaba asustado. Ya había visto suficiente guerra. Había sido testigo de las fosas comunes de la Primera Guerra Mundial, se había visto obligado a abandonar su hogar de Constantinopla después de la derrota griega en 1922. Había perdido un hijo en la guerra. Ahora sólo quería ocuparse de su colegio, trabajar por la paz y el futuro. Quería olvidar y que lo olvidaran, y plantar árboles, un montón de árboles nuevos que mantuvieran la tierra húmeda, que pararan los vientos, que dieran frutos y consuelo a las generaciones futuras.

Al final consiguió convencer a los dos hermanos. Iban a dejar las armas. Los Rayos reunieron a sus hombres e informaron de la nueva situación. Los que quisieran dejar la vida partisana para regresar a su pueblo podían hacerlo. Ahora había paz en Grecia, decían. Ahora había que reconstruir el país, hacían falta las manos de todos los trabajadores. Eso dijeron los hermanos, y sólo haciendo un gran esfuerzo pudieron contener las lágrimas.

Naturalmente, los partisanos querían volver a casa con la familia. Estaban cansados y, además, les hicieron creer que la guerra había terminado. Creían que habían liberado su patria, que los iban a recibir como héroes.

Todos decidieron dejar las armas. Los dos hermanos mandaron llamar a todos los yalitas. La gente acudió corriendo a la plaza y el mayor de los hermanos tomó la palabra:

—Camaradas, os he convocado a esta reunión porque creemos que todos debéis estar presentes en este momento, este momento sagrado en el que nuestro ejército ELAS, el ejército del pueblo griego, ha decidido deponer las armas. Todos vamos a volver a los quehaceres diarios. Pero creo que debemos rendir homenaje a nuestro ejército una última vez antes de retirarnos.

Los partisanos, que estaban en fila, avanzaron uno detrás de otro, saludaban con el puño en alto, besaban el arma, besaban en las mejillas a sus dos líderes y después dejaban el arma a los pies de los yalitas.

Los yalitas estaban en silencio absoluto. Aquello no había sucedido nunca. Un ejército que deponía las armas a los pies del pueblo. Les costaba creer que fuera verdad.

Una vez el último partisano hubo dejado el arma, el hermano mayor dio un paso al frente y trató de decir algo.

—Camaradas… Quisiera… que nosotros…

No pudo continuar. Rompió a llorar emocionado, se tapó la cara con las manos y echó a andar despacio por el camino que bajaba hacia el castaño.

Los partisanos dieron vítores y poco a poco empezaron a darlos también los yalitas, y unas muchachas jóvenes hicieron coronas de flores que les entregaron a los hombres de la resistencia.

Entre los yalitas seguía habiendo quienes contaban con Inglaterra. Sin embargo, aún no había llegado la hora. ELAS había perdido la batalla, pero todavía podían aparecer como vencedores.

Los partisanos fueron marchándose de Yalós uno tras otro. Algunos tenían un largo camino de vuelta a casa y los yalitas, que en ese momento estaban rebosantes de patriotismo, les dieron comida y bebida.

El hermano menor le susurró al maestro:

–Espero que sepamos lo que estamos haciendo.

El maestro lo miró, dudó un segundo y le respondió:

–¡Yo también!

Jristos el Negro y la banda no dieron vítores. Contemplaban como embrujados el montón de rifles y subfusiles. ¿Qué no podría hacer uno con un arma así?

Yannis el Devoto era el ladrón más distinguido de todo Yalós. Cuando la banda se reunió después por la noche, tenía un fusil escondido debajo del chaquetón raído.

Errores de cálculo

1945 fue un año dramático y, en cierto modo, decisivo. Mientras que los ingleses y los reaccionarios griegos consolidaban sus posiciones, los comunistas se mantuvieron pasivos o prácticamente pasivos. Pero su fuerza política seguía siendo considerable. En abril del mismo año, los aliados encontraron a Nikos Dsajariadis entre los supervivientes del campo de Dachau.

Dsajariadis ostentaba el cargo de secretario general del partido comunista antes del estallido de la guerra. Pero también era mucho más. De los líderes comunistas, era el que más apoyaba la revolución.

Dsajariadis no era un hombre insignificante, desde luego. Que sobreviviera a Dachau ya fue una proeza. Nació en 1902 en Asia Menor, cerca del mar Negro. Después de la derrota de los griegos en 1922, viajó a la Unión Soviética y allí ingresó en la KUTV, un centro que había fundado Stalin para futuros líderes revolucionarios.

Dsajariadis llegó a Grecia en 1926. Ya en 1934 lo nombraron secretario general del partido comunista al tiempo que consiguió generar un culto a la personalidad sin parangón en la historia del partido. Él fue el único al que todos llamaron El Líder.

Dsajariadis era un estalinista convencido, un dogmático que creía ciegamente en las teorías de Stalin y que en realidad no había entendido nada de la guerra de resistencia.

Para él sólo había una clase capaz de hacer una revolución y esa era el proletariado. La lucha de los campesinos contra los nazis, el ejército popular liderado por sus propios héroes, no encajaban en absoluto con el dogma estalinista.

Pero entre los líderes partisanos había muchos que creían que, ahora que había regresado El Líder, era el momento de iniciar la guerra definitiva contra Inglaterra. No podían estar más equivocados.

Dsajariadis llegó a Atenas a finales de abril y se mostró ante el pueblo por primera vez en mayo de 1945. Cientos de miles de atenienses se habían reunido en el estadio olímpico de Atenas para darle la bienvenida. Era una demostración de fuerza sin igual. Pues no sólo habían acudido atenienses, sino también delegaciones de distintas regiones de Grecia.

Desde Yalós fue el menor de Los Rayos y se llevó consigo a Jristos el Negro. En realidad, debería haber ido Yorgos Bocagrande, porque Jristos nunca fue capaz de describir lo que sintió cuando por fin apareció El Líder con la camisa blanca abotonada al cuello, y de la multitud expectante se elevaron gritos de júbilo que sacudieron toda la ciudad.

Aquel día tomó forma la vida futura de Jristos el Negro, pero él aún no lo sabía. A menudo la gente cree que los héroes viven según un ideal, pero por lo general viven según un recuerdo, según una imagen. Jristos el Negro llegaría a ser un héroe.

Los fascistas y los ingleses contemplaban el mar de gente desde sus posiciones protegidas, y les quedó muy claro que aquella gente iba a luchar. Les quedó muy claro que Grecia no se había rendido.

Las consignas no dejaban lugar a dudas: fuera Inglaterra, abajo el gobierno corrupto, condenas para los simpatizantes de los nazis. Pero Dsajariadis y su gente de confianza no estaban dispuestos de ninguna manera a afrontar la batalla.

Una de las primeras medidas de Dsajariadis fue la de difamar a Aris Velujiotis, que no había reconocido el Pacto de Varkidsa. *Rizospastis*, el periódico del partido, publicó un artículo de Dsajariadis, en el que llamaba a Aris aventurero, reformista y renegado, entre otras cosas. El aparato difamatorio estalinista resonaba por toda Grecia, la difamación era como un terremoto que dividía en dos los corazones de los comunistas.

Se debatían entre su lealtad al partido y su lealtad a Aris, el dios de la guerra. En Yalós Los Rayos se pasaron llorando el día y la noche enteros, se pasaron todo el tiempo en el café bebiendo *ouzo* y llorando.

Pero Aris seguía en la montaña, y no tenía ni idea de lo que estaba sucediendo a puerta cerrada en las oficinas del partido en Atenas. Hizo intentos casi desesperados por llegar a Atenas con su reducido grupo, corrió riesgos increíbles para atravesar las fuerzas enemigas y las emboscadas y poder conocer al Líder y hablar con él.

Ya desde antes muchos iban tras la cabeza de Aris. Pero después del artículo de Dsajariadis, quedó absolutamente proscrito. Grandes bandas de simpatizantes de los nazis, fuerzas del Ejército Nacional y tropas inglesas pusieron en marcha una caza intensa y brutal en busca del fundador del ELAS.

La cacería no tardó en dar sus frutos. Aris cayó en una emboscada. Los autores de la proeza fueron una banda de fascistas griegos y una compañía del Ejército Nacional. Pero muchos piensan que fueron los comunistas fieles a Dsajariadis los que desvelaron el escondite de Aris.

En cualquier caso, el 18 de junio de 1945 en la ciudad de Trikala se exhibieron dos cabezas cortadas. Una de ellas era la de Aris. La otra, la de su hombre de confianza, Tsavelas.

El 18 de junio de 1945 la historia del ELAS, el ejército del pueblo, llegó a su fin. Después de la muerte de Aris sólo algún que otro grupo partisano continuó con la lucha. Pero no era una lucha para derrotar a Inglaterra y a los reaccionarios griegos. Era una lucha para sobrevivir.

El gobierno establecido por los ingleses organizó una guerra de exterminio absoluta contra todos los miembros de la resistencia. Las cárceles se llenaron a rebosar. Los partisanos que volvían a su hogar después de la disolución del ELAS acabaron en prisión como delincuentes, en lugar de rendirles homenaje como héroes.

La libertad y las esperanzas de una Grecia nueva y democrática no duraron mucho tiempo. Ahora que el ELAS no existía, se abría el camino para la restauración. Grecia debía volver cuanto antes a la Grecia que fue.

Al mismo ritmo que desarmaban el ELAS, los reaccionarios organizaban sus fuerzas de combate. Primero crearon el llamado Ejército Nacional, que se componía principalmente de simpatizantes de los nazis y militares profesionales de la dictadura de Metaxás de 1936.

Después formaron organizaciones menores con cometidos especiales. La más célebre fue la que se hacía llamar X y cuya base se encontraba en el sur del Peloponeso. Su líder, el general Grivas, iría apareciendo en la vida política de Grecia hasta los años setenta.

La organización X, a cuyos miembros llamaban Hites, pronto se convirtió en un mal sueño para todos aquellos que habían luchado contra el nazismo.

En Yalós, Dimitreas el Pequeño había organizado una sección de X, pero por el momento no se atrevía a enfrentarse a los dos hermanos y el maestro. Los Rayos seguían teniendo sus pistolas, pues según el Pacto de Varkidsa los oficiales de ELAS podían conservar las armas de servicio. Dimitreas el Pequeño esperaba a los ingleses, igual que todos.

El tío Stelios era un hombre muy perspicaz. Cuando vio a los partisanos bajando las armas, se fue a casa y desenterró unas revistas americanas antiguas que se había traído cuando volvió a casa de Estados Unidos.

Había llegado el momento de prepararse para el nuevo puesto de intérprete que le esperaba. Por las noches se tumbaba en la cama y trataba de leer, pero los ojos ya no le eran de mucha ayuda. Así que tuvo que conformarse con cantar canciones americanas, que tampoco recordaba del todo, pero iba rellenando las palabras que faltaban.

Cuando acudía al café, soltaba expresiones inglesas para que a todos los yalitas les quedara claro que era un as en inglés. Minos lo acompañaba de mil amores, puesto que no había tardado en darse cuenta de que a los yalitas los seducía cualquier cosa que oliera a extranjera.

El abuelo y el nieto se divertían bastante teniendo conversaciones en inglés delante de todos.

–*Oh, what a beautiful day, Mr. Smith!*
–*Is it not, Mrs. Black? No clouds in the sky.*
–*How do you do, Mr. Smith?*
–*I am fine, thank you, Mrs. Black. And you?*

Minos era Mrs. Black.

Pero los demás clientes no podían divertirse. El maestro y Los Rayos hablaban sobre la situación a diario. Era evidente, la libertad por la que el pueblo griego había luchado y que había conseguido, esa libertad la habían traicionado.

El maestro estaba abatido. Era el responsable de que en Yalós tomaran la imprudente decisión de dejar las armas. De los pueblos vecinos llegaban continuamente noticias sobre persecuciones, arrestos, actos violentos de distinta naturaleza.

Cada día que pasaba el maestro se iba sintiendo más impotente, más viejo. Pero la línea del partido seguía siendo la misma. Los comunistas trabajarían dentro de los marcos que había establecido el gobierno. La gente organizaría manifestaciones y huelgas.

–¡Tonterías! –decía el menor de Los Rayos mientras le sacaba brillo a la pistola y esperaba a Dimitreas el Pequeño y a los ingleses.

Cuando se supo que las tropas inglesas habían abandonado Esparta y estaban de camino, estalló una actividad febril en Yalós. Dimitreas el Pequeño y sus hombres iban como locos izando banderas, limpiando la plaza y animando a todos los yalitas a que les dieran la bienvenida a los liberadores ingleses.

Los yalitas nunca habían tenido nada que objetar a las fiestas de bienvenida, pero el maestro y los dos hermanos decidieron organizar una contramanifestación.

No consiguieron que se les uniera mucha gente. La banda de Jristos el Negro sí se les adhirió, naturalmente, algunas mujeres también fueron con ellos y un par de hombres mayores. De entrada, el tío Stelios no participaba en las manifestaciones.

Cuando las tropas inglesas entraron en Yalós en sus dos camiones GMC, los yalitas gritaron vivas y Dimitreas el Pequeño, que iba a la cabeza de sus hombres, se acercó al comandante inglés y le hizo el saludo militar.

También se oían abucheos de la contramanifestación, pero el tío Stelios, que se había nombrado a sí mismo como algo parecido a presidente del encuentro, pensaba que los vivas eran muchos más y más fuertes que los abucheos.

Los Hites gritaban «Que vivan nuestros aliados» mientras que los manifestantes gritaban «Que viva Grecia».

—Grecia no tiene ninguna posibilidad —murmuró el tío Stelios. Dio un paso adelante y se colocó entre los dos bandos y empezó a controlar los gritos con verdadero *pathos* mientras iba diciendo entre dientes:

—¡Imbéciles! ¡Imbéciles!

El capitán inglés no se enteraba bien de lo que estaba sucediendo. Dimitreas el Pequeño no sabía inglés, sólo sabía decir «*Welcome home*», porque lo había aprendido cuando esperaban a los emigrantes de Estados Unidos.

De modo que no dejaba de gritar «*Welcome home*» y el capitán inglés se le acercó y dijo:

—*Hello!*

—*Welcome home!*

—*Thank you. Glad to see you!*

—*Yes, yes. Welcome home!*

—*You speak very good English!*

—*Yes, yes.*

–*Do you speak English?*
–*Yes, yes. Welcome home!*
Pero el tío Stelios no podía aguantarlo más. No quería que los ingleses creyeran que los yalitas no sabían inglés. Así que se adelantó y dijo:
–*It's a long way to Tipperary.*
Le dieron el trabajo de intérprete.

La familia

Al final también Yorgos llegó a casa. Pero Stelios no podría volver nunca. Yorgos había huido de Yalós casi al mismo tiempo que apresaron al maestro. Desde entonces había estado trabajando en EPON, la organización juvenil del ELAS. EPON tuvo un papel muy activo durante las confrontaciones de diciembre en Atenas, y a sus miembros los persiguieron con mucha más crueldad que a la mayoría. Sobre todo, a las muchachas que trabajaban en EPON, y en los últimos años se habían ido incorporando cada vez más.

Con la guerra, las jóvenes habían tenido la oportunidad de romper la sociedad machista, oportunidad que no habrían tenido nunca en tiempos de paz. La mujer griega podía poner su profunda lealtad, su valor y su inteligencia a disposición de las grandes organizaciones en lugar de sacrificarse entre las cuatro paredes de la cocina.

La mujer griega no sería después de la guerra como era antes de la guerra. Se podía apreciar cómo crecía su orgullo, cómo las mujeres portaban sus cuerpos no como blandos campos de pecado, sino como una muralla contra las bombas y las balas.

Yorgos volvió a casa dos días después de la llegada de los ingleses. El tío Stelios, fiel a su costumbre, había esperado al autobús de la tarde procedente de Esparta, que ya estaba de nuevo en circulación.

Yorgos se bajó del autobús, miró hacia el café y después se dirigió hacia la mesa del tío Stelios.

—¡Hola, abuelo!

—¡Hola, hijo! —respondió el tío Stelios, pero estaba claro que no reconocía a Yorgos. No era raro que los jóvenes lo llamaran «abuelo», puesto que los jóvenes podían llamar así a cualquier anciano.

—¿Cómo estás, abuelo? ¿Cómo van las cosas por casa?

El tío Stelios forzaba la vista, pero no reconocía al extraño. Al final se vio obligado a preguntar.

—¿Quién eres, hijo?

Ahora fue Yorgos el sorprendido. Miró al tío Stelios, vio cómo entornaba los ojos azul claro y vio que se había hecho mayor, muy mayor.

—Soy Yorgos —dijo—. ¡El Yorgos del maestro!

El tío Stelios se levantó de la silla. Le temblaban los labios, las lágrimas le brillaban en lo más profundo de la mirada.

—¡No te había reconocido, hijo mío! ¡No te había reconocido! Tengo los ojos...

Se abrazaron y el tío Stelios olía a vino. Había vuelto a empezar a beber después de la muerte de Stelios. El tío Stelios se había rendido en secreto. Cuando su querido nieto falleció antes que él, se rindió.

El tío Stelios siempre había sido hablador, pero esa noche, durante la cena, no dijo mucho. Sobre todo era Yorgos el que hablaba. Tenía que responder a las preguntas de todos, qué había hecho, dónde había estado.

Pero a Yorgos ya no le interesaba el pasado, prefería hablar de lo que había ido intuyendo por el camino de vuelta a casa.

—La guerra no ha terminado —dijo.

—Ya, está claro que Churchill quiere que sigamos siendo una de sus colonias —respondió el maestro—. Aunque ahora también debe tener en cuenta a Stalin.

Pero el maestro se equivocaba, como tantos otros miles de comunistas. Stalin no tenía ninguna intención de intervenir Grecia. La mayor subasta de la historia no tardaría en tener lugar en Yalta. Stalin, Churchill y Roosevelt iban a dividir la Tierra y la humanidad; el gran reparto de la herencia de la guerra.

–Me temo que pronto estaremos en la cárcel. Lo que he visto es palmario. Van arrasando a sus anchas.

–Tendrías que irte otra vez –le rogó Antonia a su marido.

–No me voy a ir a ninguna parte. Me voy a quedar aquí. Que vengan.

El maestro había alcanzado ese grado de terquedad que equivale a la desesperación. Las señales eran evidentes, los reaccionarios habían pasado al contraataque. Pero él no quería abandonar su lugar, no quería esconderse.

Minos estaba callado escuchando. A veces miraba a Rebeca, pero ella parecía ausente, parecía estar lejos, muy lejos. ¿En qué pensaba?

Rebeca no pensaba en nada. Lo único que sentía todo el tiempo era el cuarto vacío de Stelios a su espalda, sentía la mirada de Yorgos, que se dirigía inconscientemente a la silla donde se sentaba siempre Stelios. Veía la sonrisa helada de Yorgos cada vez que se sorprendía a sí misma mirando la silla vacía de Stelios.

La muerte había ido acercándose cada vez más. Ahora estaba a la mesa con ellos.

El tío Stelios se quedaba a menudo largo rato con el tenedor en el aire, ya no era capaz de disfrutar de la comida.

A Maria la Santa se le habían hundido aún más los ojos, le dolía el pecho y cada vez le costaba más respirar.

A Antonia, la madre ave, le había salido el primer mechón de canas y las primeras arrugas en la frente.

El maestro estaba desesperado y viejo, no le iba a dar tiempo a plantar sus árboles.

¡No, no! ¡Nada había salido como debía!

¡No, con una silla desierta, con una cama desierta nada sale como debía! Minos pensaba en el hermano, que ya nunca llegaría a ser un jugador de fútbol famoso, pensaba en los juegos que compartían, aunque en realidad eran los juegos del hermano, era él quien decidía.

Puede que no fuera siempre así, pero eso no cambiaba las cosas. Minos era el menor, se había acostumbrado a jugar a los juegos de los demás.

Tendría que pasar mucho tiempo para que Minos pudiera jugar a sus propios juegos, para que pudiera pasear solo por el valle que olía a las flores del limonero sin oír la voz un tanto estridente del hermano.

–¡Cuidado con las serpientes!

Por supuesto, era una broma. Las serpientes nunca se habían comido a nadie, pero el hermano contaba historias increíbles sobre una serpiente pequeñísima, una serpiente verde y negra que se agarraba de un bocado a la gente y no había nadie que hubiera conseguido quitársela de encima, la serpiente chupaba la sangre y, cuanto más chupaba, más intensa y dolorosa se volvía la mordida, lo único que se podía hacer era matarla, pero era difícil, porque en realidad la serpiente no tenía cabeza ninguna, sólo dos dientes, bueno, no, lo único que se podía hacer era esperar a que se durmiera porque entonces se soltaba y se caía ella sola.

–¡Cuidado con las serpientes! –gritaba el hermano mientras sonreía con aquella sonrisa alegre, y Minos fingía que estaba asustado, porque quería hacer feliz al hermano, no estaba asustado, no se le iba a acercar ninguna serpiente mientras su hermano estuviera allí con su alegre sonrisa en los labios.

No volvería a esbozar su alegre sonrisa, Minos comprendió que nada iba a ser como debía cuando hay una silla desierta, cuando hay una cama desierta.

Antonia no volvería a reír como antes, no volvería a contar sus historias como las contaba antes, el abuelo bebería aún más y la abuela padecería aún más dolores en el pecho y se enterraría en sus libros sagrados, y el padre envejecería, y Yorgos se quedaría solo.

Yorgos siempre había estado solo, como Rebeca. Y a propósito de Rebeca, Minos veía cómo se alejaba de él, cómo se estaba marchando. Pero ¿qué podía hacer? Rebeca iba camino del otro lado de la vida, Minos había conocido a un contrincante a su altura.

Los nuevos señores

Las tropas inglesas no se quedaron mucho tiempo en Yalós, sólo dos semanas, pero fue suficiente. Los yalitas comprendieron quiénes eran los señores ahora. Habían visto con sus propios ojos cómo los ingleses se llevaban las pistolas de los hermanos. Vieron cómo metían a rastras a uno de los líderes partisanos en un sótano oscuro, el mismo sótano que los alemanes habían utilizado como calabozo. Es cierto que habían acordado que los mandos del ELAS podrían conservar sus armas de servicio. Pero a los ingleses les daba igual el acuerdo o, como decían siempre los yalitas: se escribían el acuerdo en el culo.

El capitán inglés les ordenó a los hermanos que entregaran los revólveres, sin más. Los hermanos en realidad no tenían ninguna opción, pero el mayor le dio un guantazo al capitán, que naturalmente se puso fuera de sí. En medio del alboroto, el hermano menor consiguió huir.

Dimitreas el Pequeño y sus Hites emprendieron la persecución, pero sin éxito. Volvieron a Yalós esa misma noche, pero ya no eran los mismos hombres. Ahora tenían armas, y ahora eran los únicos que las tenían.

Los Hites se sentaban en el café, bebían *ouzo* y vino, y les contaban a los demás lo que iban a hacer con el perro rojo ese que había logrado escaparse.

De vez en cuando uno de ellos bajaba al sótano, donde el otro hermano estaba atado de manos y pies, le daba una patada, un bofetón o simplemente le echaba un escupitajo.

—¡Esto te va a salir caro, Dimitreas! —decía el partisano maniatado.

—¡Mira lo que dice! ¡Mira lo que dice el hijo del maricón! ¡Te voy a cortar la lengua en trocitos como no te calles!

Más entrada la noche, cuando los Hites habían bebido ya bastante *ouzo* y se habían enardecido mutuamente, volvieron a bajar al sótano. Los yalitas estuvieron oyendo los gritos del torturado toda la noche.

El capitán inglés no hizo nada por evitarlo y, cuando los yalitas salieron de sus camas a la mañana siguiente, vieron al partisano colgando del castaño, el mismo castaño en el que se había ahorcado su padre.

Así de rápido sucedían las cosas. Un día estaba Yalós a las puertas de una nueva libertad, y al otro más esclavizado que antes. Cuando los ingleses abandonaron Yalós al cabo de dos semanas, Dimitreas y sus Hites estaban armados hasta los dientes. Esos eran los nuevos señores de Yalós.

La ocupación inglesa puede que no durara tanto como la alemana, pero consiguió que los yalitas se dividieran aún más. Los ingleses trajeron ropa y chocolatinas, eran amables y les caían bien a los yalitas. Por otro lado, rara vez arrestaban o ejecutaban a gente, dejaban que los Hites lo hicieran por ellos.

Además, a los ingleses se les daba muy bien el fútbol. Al equipo de Yalós, un tanto improvisado, le daban una tunda detrás de otra. En realidad, la ocupación inglesa no tuvo nada de malo más allá de que dejó allí a Dimitreas el Pequeño y a los Hites.

Los Hites no eran fascistas normales y corrientes, eran verdugos y asesinos. No actuaban como una organización política, sino como terroristas. Nunca se enfrentaban abiertamente con los partisanos, se limitaban a atacar alguna que otra familia y alguna casa. Aparecían en plena noche, a menudo con máscaras que les tapaban la cara.

Ejecutaban, torturaban, violaban, quemaban, pero todo lo hacían en la oscuridad y enmascarados. ¿Quiénes eran los Hites?

Eran gente que había cumplido órdenes de los nazis, gente que tenía miedo de una Grecia libre, puesto que una Grecia libre sólo les traería castigo.

Esa gente ahora tenía la oportunidad de defenderse a sí misma y de defender la «patria sagrada» del peligro comunista. Era gente que sólo luchaba por sus crímenes, y ahora Inglaterra y los gobiernos griegos sumisos a ella le brindaron la oportunidad de luchar por el rey y por la religión y por la santidad de la familia. El gobierno les pagaba por cada cabeza que cortaban y que pudieran mostrar. Recibieron aún más armas y promesas aún más sustanciosas. Contaban con la bendición del arzobispo y vicerregente Damaskinós.

Su líder, el general Grivas, llegaría a ser una figura nacional, seguirían homenajeándolo treinta años después. Los simpatizantes de los nazis volvían a tener una oportunidad. Los simpatizantes de los nazis gobernarían Grecia durante varias décadas.

Al partido comunista en la práctica lo trataban como un partido ilegal, pero los comunistas continuaban viviendo con la esperanza de conquistar el poder parlamentario.

El partido trabajaba abiertamente, organizaba manifestaciones y huelgas, había listas de todos los miembros y la policía en realidad no tenía que esforzarse para localizar a los comunistas. Estaban donde decían que iban a estar.

La política de Dsajariadis se volvió un enigma. ¿Por qué no emprendía la lucha armada mientras aún estaba a tiempo? ¿Sabía lo que habían acordado en Yalta? ¿Estaba esperando alguna señal de Stalin? ¿O sencillamente estaba cegado por su propio dogma?

Nadie sabía qué le pasaba por la cabeza a Dsajariadis. Sin embargo, lo más probable es que no creyera en un levantamiento popular. Creía en la revolución del proletariado. Incluso temía el levantamiento popular. Quería controlar la revolución, pero la revolución del ELAS sería difícil de controlar.

Mientras Dsajariadis luchaba por su vida en el campo de Dachau, el ELAS había producido sus propios líderes y su propia línea. Dsajariadis, a pesar de su labor revolucionaria, no era un partisano. Era político. Los demás eran líderes partisanos implacables. Lo curioso de Dsajariadis era que había conseguido inspirarles tal respeto que nadie o casi nadie se oponía a su política de una forma más decidida.

Dsajariadis, además, tenía el control total del aparato interno del partido, que ciertamente se componía de dogmáticos como él, pero no unos dogmáticos cualesquiera.

Eran hombres que habían sacrificado mucho, que entraban y salían de las cárceles año tras año y que tenían una gran autoridad moral, puesto que nunca habían firmado las conocidas «declaraciones de lealtad».

La declaración de lealtad era un invento de la dictadura que ejerció el general Metaxás de 1936 a 1940. Los comunistas presos, después de que los torturaran a conciencia, tenían que firmar un formulario, según el cual renegaban de sus ideales comunistas y maldecían el comunismo prácticamente en términos religiosos.

Luego se leían los nombres de los comunistas en la iglesia, si provenían de algún pueblecito, o en los periódicos, si vivían en ciudades más grandes.

De ese modo, Metaxás consiguió socavar el respeto que muchos comunistas tenían por sí mismos. A los comunistas que habían firmado los llamaban «dilosias», es decir, «declarantes». Pero, pese a las crueles torturas, entre los líderes comunistas no había muchos que hubieran firmado.

Se había convertido en una cuestión de honor resistir la tortura y no firmar nunca una declaración de lealtad. Pero, por supuesto, había gente que no era capaz de resistir. Había gente que, al cabo de semanas de tortura y maltrato, se rendía.

Dsajariadis no llegó a firmar nunca. Nadie de su círculo más cercano firmó. Tampoco nadie lo haría en lo sucesivo, a pesar de que la tortura de la inminente guerra civil sería aún más cruel y más difícil de resistir. Dsajariadis fue lo bastante sensato para no juzgar a los que habían firmado. Además, en uno de sus momentos más perspicaces, se distanció de esa mentalidad victimista. Señaló que la resistencia silenciosa a la tortura a pesar de todo tampoco era demasiado útil. Era mejor firmar, salir, y seguir trabajando para el partido y el pueblo.

Muchos comunistas que firmaron declaraciones de lealtad a lo largo de los años regresaron a la lucha activa y el pequeño partido pudo seguir creciendo.

El purismo, la exigencia de integridad, es una de las características principales de todo partido revolucionario joven, y es una exigencia que en general ha ocasionado más mal que bien. El sueño del revolucionario inmaculado no es más que un sueño autoritario, una visión religiosa.

Estos sueños semirreligiosos son los que conducen al culto a la personalidad, los que fomentan el mito del líder infalible, del Salvador. Combatir estas ideas debería ser una de las misiones más obvias de todos los partidos revolucionarios, pero no es fácil.

Las ideas hay que materializarlas, deben tener sangre y carne para poder hacerse verdaderamente visibles. Un partido sin mártires nunca llega a ser un partido combatiente, un pueblo sin mártires nunca llega a ser un pueblo combatiente.

Al pueblo griego nunca le han faltado mártires, nunca le han faltado santos. También le ha salido caro.

Un país con demasiados mártires corre siempre el riesgo de que lo gobiernen traidores. Los Hites eran traidores y perros rabiosos, y los perros rabiosos seguirían ladrando en Grecia muchos años.

Terror

El terror explotó en Grecia como una bomba. Entre el Pacto de Varkidsa, en febrero de 1945, y octubre de 1945 las tropas inglesas, los Hites, el Ejército Nacional y otras bandas fascistas asesinaron a mil doscientas personas, hirieron a más de seis mil, torturaron a treinta y dos mil, arrestaron y saquearon a diecinueve mil, encarcelaron a ochenta y cinco mil y violaron a ciento sesenta y cinco mujeres.

Los reaccionarios hicieron la cuenta meticulosamente. Pero ese terror además tuvo un efecto que el gobierno no buscaba; cada vez más gente abandonaba su hogar y volvía a ocultarse en la montaña, pese a que Dsajariadis emitió una directiva tras otra para que se quedaran en su sitio y libraran una batalla desigual por el poder parlamentario.

En Yalós, Dimitreas el Pequeño arrasaba con todo a sus anchas. Cada vez que se encontraba al maestro, se le acercaba y le decía burlándose:

–¡Ahora han cambiado las cosas, eh, maestro!

Desde luego que habían cambiado las cosas. El maestro y los otros yalitas que habían luchado contra el nazismo observaban con impotencia cuando Dimitreas el Pequeño, después de una noche entera bebiendo en la taberna con sus lacayos, le prendió fuego a la casa del pastelero porque hacía un poco de frío por la mañana y quería una hoguera con la que entrar en calor.

Algunos yalitas acudieron corriendo con cubos, pero Dimitreas el Pequeño alzó sus armas inglesas y los yalitas no tuvieron elección; dejaron los cubos bocabajo, se sentaron en ellos y se quedaron contemplando las llamas.

Dimitreas el Pequeño aprovechó también para dar un breve discurso.

–Qué pena –dijo– que el otro hermano maricón no esté dentro. Pero ¡no queda mucho! Pronto lo tendré como a un cordero ensartado. ¡Ahora soy yo el que toma las decisiones aquí!

Era cierto, naturalmente. Pero no para todas las partes. De momento «el hermano maricón» seguía vivo y, pese a que lo estaban buscando todos los Hites de la comarca, siempre conseguía escapar de ellos y había organizado una fuerza con otros hombres que, como él, debían esconderse de una muerte segura.

Y todos sabían que El Rayo regresaría a Yalós. Los Hites también, y por eso montaban guardia todas las noches. Como los demás, creían que el hijo del pastelero volvería una noche, como ya había hecho anteriormente.

Pero volvió en pleno día, un domingo. Acababa de terminar la misa, y los yalitas estaban tragándose la palabra de Dios con un poco de *ouzo* matutino en los cafés, porque también la antigua organización de los cafés había vuelto a la vida.

Dimitreas el Pequeño y sus hombres se encontraban en el café de las autoridades. Era un domingo templado de noviembre de 1945. Nadie sospechaba nada.

De repente se oyó una ráfaga de un subfusil y diez hombres se pusieron de pie a la vez en los tejados de las casas que rodeaban la plaza. El Rayo había vuelto. En la plaza se hizo un silencio sepulcral.

–Dimitreas –gritó–. Dimitreas, aquí te tengo, y puedo bajar y cortarte en trocitos y dárselos a tus perros para que se los coman todos. Dimitreas, puedo bajar y follarte a ti y a todos tus compinches y a vuestras madres, mujeres y hermanas. Pero no voy a hacer nada de nada. Siempre que me prometas, aquí, delante de todos, que nunca más vas a volver a tocar a un yalita, ni la casa de nadie ni a su familia. En fin, te doy una oportunidad. Confío en tu palabra, aunque no debería. Voy a contar hasta tres. ¡Después bajo! Uno...

La plaza respiraba en silencio. La voz del partisano resonaba entre la iglesia, los cafés y las casas. Era una voz joven y apacible, pero todos sabían que pertenecía a un hombre que cumplía con su palabra.

–Dos...

Dimitreas el Pequeño estaba blanco como la cera. Los Hites miraban a su líder. Llevaban las armas, pero era demasiado tarde. El Rayo había ganado esta vez. Era mejor esperar. Pero Dimitreas el Pequeño quería salvar su reputación. Quería demostrar que era un hombre, quería demostrar que los pantalones que llevaba no eran un disfraz.

–¡Tres! –gritó la voz del joven, y en ella se oía materializada la amenaza, y Dimitreas el Pequeño no pudo oponerse, se levantó y chilló para que todos lo oyeran.

–¡Te lo prometo! ¡Te lo prometo!

Pero ya en ese instante había decidido que iba a limpiarse de esa deshonra a hierro y fuego.

El Rayo y sus hombres desaparecieron igual que habían llegado, de tejado en tejado, y la gente empezó a hablar entre sí otra vez en la plaza. Estaban desconcertados y algunos, orgullosos porque El Rayo había pisoteado a Dimitreas el Pequeño, y los más deslenguados se pusieron a hacer bromas.

–¡Joder, aquí huele a mierda!

–¡Yo creo que alguien se ha cagado encima, eh!

–No habrá sido nuestro alcalde, ¿verdad?

–Podemos llamar al Rayo. ¡A ver si él le cambia los pañales!

Los yalitas siembre habían sabido apreciar a los hombres valerosos. El Rayo era un hombre valeroso. Había puesto en ridículo a Dimitreas el Pequeño, lo había convertido en un hazmerreír cobardica, entraban ganas de acercarse a él, decirle «agáchate» y después darle una «bendición».

–¿Y cómo va a salir de esto Dimitreas el Pequeño?

–¡No podemos tenerlo de alcalde, un cagón!

–Podíamos contratarlo como repartidor de abono. ¡Allá donde caga crecen amapolas tan altas como cipreses!

–¡Calla, que nos oye!

–¡Pues que nos oiga!

Pero Dimitreas el Pequeño no había perdido del todo la compostura. Cuando los partisanos desaparecieron, empezó a reírse a carcajadas, se reía tanto que se retorcía, y los yalitas se preguntaban qué le pasaba, y Dimitreas el Pequeño alardeó de «ja, ja, haber engañado al tonto del hijo del maricón». Y es que sólo había dicho «Te lo prometo», pero no qué era lo que prometía. Los sofistas no habían vivido en Grecia en balde. Los yalitas se vieron obligados a reconocer que Dimitreas el Pequeño tenía algo de razón. Al menos, formalmente, y a los yalitas les encantaban las formalidades. Aunque muchos siguieron riéndose a sus espaldas, pero también eso era una formalidad.

–Pero ¡si has dicho «Te lo prometo»!

–Sí, he dicho «Te lo prometo».

–¿Y qué es lo que has prometido entonces?

–Me he hecho una promesa para mis adentros. ¡Eso es lo que cuenta!

–Pero es que era El Rayo. ¡No una luna nueva que te conceda tres deseos!

–¡No te hagas el listillo!

–No me estoy haciendo el listillo. Lo que quiero decir es que…

–Nadie te ha preguntado qué quieres decir. Métete lo que quieras decir donde ya sabes, ¡antes de que te lo meta yo!

Parecía que la discusión había terminado. Los yalitas tenían muchas ganas de chinchar a Dimitreas el Pequeño, pero era arriesgado. Volvieron a sentarse a las mesas y siguieron bebiendo *ouzo*, jugando a las cartas y a juegos de mesa.

Dimitreas el Pequeño se llevó a sus hombres y puso rumbo al pueblo vecino. Iba a pedir refuerzos. Pero, en todo caso, después de la aparición de El Rayo, era diez centímetros más pequeño.

Los yalitas lo sabían, y él sabía que los yalitas lo sabían, y los yalitas iban a pagarlo.

Eso también lo sabían los yalitas.

Los juegos del día y de la noche

El colegio de Yalós había vuelto a abrir, pero el maestro no sería el que diera clase. El viejo alférez tomó posesión de la sala de profesores de nuevo. Porque el gobierno había decidido suspender los puestos públicos de aquellos que hubieran participado en las organizaciones EAM-ELAS.

El maestro observaba impotente cómo se deterioraba su huerto experimental, cómo el alférez maltrataba a los niños, y esta vez el alférez estaba completamente ebrio de sentimientos de odio hacia los comunistas.

Todos los días daba interminables discursos incendiarios y recalcaba la veracidad de sus afirmaciones con ayuda de dos varas largas que iba agitando sobre las cabezas desnudas de los alumnos.

Los niños, aunque sólo los varones, tuvieron que cortarse todo el pelo en vista de que los piojos estaban proliferando como nunca. Era una tortura ir por ahí como bombillas, pero ¿qué iban a hacer? El alférez los inspeccionaba cada mañana. Los niños tenían que ponerse en fila y él pasaba por delante con una regla y medía la longitud del cabello. Si superaba el centímetro, tocaba salir trasquilado, en los dos sentidos.

Si la longitud del cabello era satisfactoria, el niño podía verse en problemas igualmente si resultaba que no se había cortado las uñas o que no estaban limpias. Y si tenía bien las uñas, quedaban los calcetines y los pies. Al alférez le mostraban todo y él no mostraba misericordia ninguna.

Pero el alférez iba sobre todo a por los jóvenes comunistas. Jristos el Negro era su víctima preferida. Denigraba a la madre a cada oportunidad que tenía, la llamaba «la traidora» y le exigía que renegara de ella. Pero Jristos el Negro nunca renegó de su madre. Ni tan siquiera respondía a las órdenes del alférez, sino que se dirigía estoicamente a la mesa del maestro y extendía las manos, donde el alférez lo golpeaba con la vara.

Pero no siempre resultaba fácil recibir el castigo. Y es que la vara era bastante larga, el alférez tomaba mucho impulso, como si fuera a cortar madera, y Jristos el Negro era rápido como una víbora, cuando la vara bajaba ya había quitado las manos y el alférez no se caía por poco.

Tenía que volver a coger impulso y a veces podía llevarle toda la mañana conseguir asestar los golpes que consideraba un castigo justo, puesto que cada maniobra para esquivarlo le costaba a Jristos más latigazos y, un día que estaba de buen humor, le preguntó a la clase que qué tenía ganas de hacer, aquello olía a excursión a las ruinas, y Yorgos Bocagrande, que estaba cansado de tantas excursiones, respondió que por qué no se ponían a darle latigazos a Jristos el Negro, que eso normalmente llevaba su tiempo.

Yorgos Bocagrande tuvo que limpiar las letrinas.

El alférez tampoco le quitaba la vista de encima a Minos, que ahora no pasaba tanto tiempo en el colegio. Le dejaban quedarse en casa para leerle a su padre. Sin embargo, el sacerdote tenía mucho interés en la relación de Minos con Rebeca y, cada vez que tocaba confesión obligatoria, quería descubrir cómo estaban las cosas entre los dos.

La confesión consistía principalmente en que el sacerdote preguntaba:

–¿Has cometido el pecado solitario? (O sea, ¿te has hecho una paja?)

El niño se ruborizaba, pero debía responder con la verdad.

–Varias veces…

–¿Te gustó?

–…

–El silencio del culpable –gritaba el sacerdote–. Te gustó. ¡Reconócelo!

El niño lo reconocía y, dependiendo del humor del sacerdote, le caían distintos castigos. El más frecuente era hacer ayuno durante una semana, y acerca de este método decía siempre el sacerdote que «los osos hambrientos no bailan, pero tampoco se hacen pajas».

No había forma de librarse de la confesión porque era el alférez el que los llevaba ante el sacerdote. La última vez que Minos fue allí, el sacerdote tenía prisa, así que los confesó a él y a Yorgos Bocagrande al mismo tiempo. El sacerdote empezó a indagar otra vez.

–¿Has cometido el pecado solitario?

–¿Quién tiene que contestar?

–¡Contestad los dos!

–¡No!

–¿Estáis diciendo la verdad?

–Se lo juramos por las lágrimas del Salvador.

Yorgos Bocagrande estaba dirigiendo ya él solo la confesión.

–No tomes el nombre del Salvador en vano, ¡lo dice la Biblia! Bueno… ¿Pasáis tiempo con muchachas?

–¡Pues claro!

–¿Cómo…? ¿Qué dices?

El sacerdote estaba exaltado.

–Me ha preguntado que si pasamos tiempo con muchachas…

–Pero me refiero a… mmm… ¡en el sentido bíblico, por supuesto!

–Claro… ¡Estamos con ellas de una forma completamente cristiana!

–¿Qué quieres decir?

–¿No ha oído usted nunca hablar de la posición del misionero?

El sacerdote casi se desmaya. Los dos amigos se lo pasaron en grande y salieron de la iglesia sin recibir el perdón de los pecados. Cuando más tarde se encontraron con el tío Stelios le contaron que habían hecho lo que él les había dicho y los tres estuvieron riéndose un buen rato.

Incluso el maestro pensaba que habían hecho bien, aunque nunca llegó a decirlo. Pero no tenía ningún interés en ver a sus hijos lamentándose en el sótano oscuro de culpa y sumisión de la iglesia.

Es posible que Jesús fuera un revolucionario, pero sus sacerdotes se habían convertido en los soldados de la autoridad. En otra época tal vez habría dudado de si hablarle a Minos como le hablaba, pero ahora no había tiempo. Sabía que cualquier día Dimitreas el Pequeño podía volver a encarcelarlo.

Pero Dimitreas el Pequeño tenía otras preocupaciones en ese momento. Había un desgraciado que por las noches iba escribiendo en mayúsculas por los muros:

VIVA LA LIBERTAD.

Y en letra más pequeña:

Que Dios guarde al maricón que borre esto.

Aquello empezó la primera noche después de la aparición de los partisanos en Yalós. En todo caso, mientras el desconocido escriba nocturno se contentara con ensalzar la libertad, la cosa no era tan seria. Uno podía pensar que la libertad que ensalzaba era la de Dimitreas el Pequeño.

Pero poco a poco el desconocido pasó a eslóganes más concretos.

VIVA EL RAYO ROJO

ABAJO DIMITREAS EL CAGÓN

HAY ALGO QUE HUELE MUY MAL EN YALÓS

Además, todas las veces aparecía la misma advertencia:

Que Dios guarde al maricón que borre esto.

Muchos yalitas empezaron a marcar con una cruz la fachada de su casa para evitar las pintadas. Pero también para prevenir que aquellos que tenían ganas de hacer pis mearan justo allí, pues los yalitas acostumbraban a mear al lado de las casas de los demás y contaban la historia de una casa que después de muchos años de meadas llegó a derrumbarse. Por supuesto, aquello era mentira. La casa se había derrumbado porque su señor se había dado un golpe en la cabeza con una viga.

La guerra de pintadas, sin embargo, prosiguió sin parar. Según lo expresaba el tío Stelios:

–Dentro de poco vamos a tener que pintarnos una cruz por detrás, de lo contrario existe el riesgo de que venga cuando estamos soñando y nos escriba en el culo: Que entre Dimitreas.

Dimitreas estaba completamente fuera de sí y el sacerdote dio un sermón y excomulgó al desconocido escriba nocturno, que esa misma noche escribió con letra cristalina en la pared de la iglesia:

¿NO PODRÍA EL SACERDOTE EXCOMULGARME TAMBIÉN LOS ZAPATOS? SE ME ESTÁN EMPEZANDO A ROMPER.

Porque si te excomulgan, tu cuerpo no se descompone en la tumba, y si el cuerpo no se descompone, es que el alma no está en paz.

Sea como fuere, quedó claro que el escriba era cristiano. Los yalitas se estaban divirtiendo bastante. Aunque nadie quería que le escribieran en su casa, puesto que Dimitreas el Pequeño sospechaba de todos, y a esas alturas era ya totalmente imprevisible.

Había puesto guardias, amenazaba a todo el que podía amenazar, el sacerdote tenía ahora una pregunta nueva que hacer al que se confesaba, todo el pueblo estaba implicado en la caza del desconocido escriba nocturno. Y una noche los atraparon, porque eran dos.

Minos había sabido todo el tiempo quiénes eran (su propia banda). Yannis el Devoto fue al que se le ocurrió la idea, Yorgos Bocagrande se inventó la mayoría de las consignas.

Se habían organizado el trabajo de una forma que recordaba a lo que más adelante los comunistas llamarían «manifestaciones protegidas», es decir, mientras Bocagrande, Minos o el Devoto pintaban en la pared, Jristos el Negro hacía guardia con el subfusil que Yannis el Devoto había robado cuando Los Rayos entregaron sus armas. Atraparon a Yorgos Bocagrande y a Jristos el Negro. Pero Jristos no se rindió. Logró escapar mientras que a Bocagrande lo encerraron en el mismo sótano que al difunto líder partisano.

Por supuesto, le dieron un montón de palizas para que desvelara quiénes eran los otros, pero Bocagrande supo mantener la boca cerrada en esa ocasión. Dimitreas el Pequeño podía matarlo en el acto, pero resultaría raro. Después de todo, Yorgos Bocagrande no era más que un niño.

Pero, por otro lado, no podía dejarlo sin tomar más medidas. Ordenó a varios hombres que le dieran caza al fugitivo, Jristos el Negro, y él mismo prendió fuego a su casa.

Jristos el Negro tenía un subfusil y entonces uno ya no es un niño.

La campaña electoral

La situación empeoraba en toda Grecia a medida que pasaban los días. Mientras tanto, el gobierno preparaba las primeras elecciones generales después de la guerra. Se celebraron en marzo de 1946.

Al fin había llegado el momento al que la política del partido comunista había estado apuntando. Pero día tras día quedaba más claro que los comunistas no tenían posibilidades de ganar las elecciones. El gobierno había creado un ambiente imposible para los candidatos comunistas.

Formalmente tenían permitido celebrar mítines y dar discursos, pero esos mítines estaban vigilados y aquellos que acudían, acudían por su cuenta y riesgo, y el riesgo no era insignificante. En muchas ocasiones la policía o la gendarmería o los Hites intervenían para impedir el mitin, bien con pretextos semilegales, bien con amenazas directas.

También a Yalós llegó un candidato comunista. Era de uno de los pueblos de montaña de la comarca, y un antiguo combatiente. Lo recibió Dimitreas el Pequeño en el cruce mismo.

–¿Adónde te diriges, camarada? –preguntó Dimitreas el Pequeño con un brillo en los ojos, todo el brillo que podía tener en aquellos ojos inyectados en sangre.

El candidato no era ningún principiante. Sabía muy bien con quién estaba hablando.

–Había pensado darme una vuelta por Yalós –respondió.

–¿Qué vas a hacer allí?

–Estaba pensando en comprarme una huerta. ¡Me han dicho que últimamente abonan la tierra de maravilla! Algunos de los hombres de Dimitreas el Pequeño se rieron y Dimitreas el Pequeño se puso fuera de sí.

–¡Te crees muy listo! ¡Pues te puede salir caro!

–Ya, pero puedo ir a hablar un poco con la gente, ¿no?

El candidato pudo continuar. Daría un discurso por la noche en la plaza. El pregonero de Yalós, el tristemente célebre «Sigue con el culo así», fue deambulando por el pueblo, anunciando con su inmensa voz la llegada del candidato y animando a todos a que acudieran al mitin.

–Oye, Sigue con el culo así, ¿quién va a hablar?

Sigue con el culo así había olvidado hacía mucho tiempo el arte de hablar en un tono normal de conversación. Siempre le gritaba en la oreja al que preguntaba.

–¡Un comunista sinvergüenza!

Eran órdenes de Dimitreas el Pequeño y, lógicamente, el pregonero no se atrevía a oponerse. Los yalitas agitaban la cabeza.

Bueno, pues llegó la noche, y los yalitas se habían reunido en la plaza. El candidato se subió a una mesa.

–¡Camaradas!

–¡No somos tus camaradas! (Uno de los hombres de Dimitreas el Pequeño.)

–¡Tus camaradas son los búlgaros! (Otro de los Hites.)

–He venido hoy aquí...

–¡Ya tenemos ojos para verlo! (Un tercero de los Hites.)

–¡He venido hoy aquí para animaros a que nos deis vuestro voto!

–¡Yo creía que ibas a comprarte un terreno!

–¡Te puedo dar un pedo si te vale igual que mi voz y voto!

Risas de la gente.

–En tu caso, camarada, la verdad es que no se sabe si estás hablando o peyéndote.

Más risas de la gente. Uno a cero para el candidato.

–He venido hoy aquí...

–¿Se te ha rayado el disco?

–¿No sabes decir nada más?

–¿Has olvidado la lección?

–¡Dejad que hable!

–¡Y una mierda! Si quiere hablar, tiene que hablar griego, no búlgaro.

–¿Hay alguna autoridad en este pueblo?

–¡Pregúntale a mi culo!

–¿Dónde están los gendarmes? ¿No tenéis gendarmes?

–¡Aquí los gendarmes somos nosotros!

–¡Que te doy un pedo te he dicho!

El candidato comprendió que sería imposible dar un discurso en Yalós, tan imposible como en la mayoría de los demás sitios. De la gendarmería, que debía asegurarse de que los candidatos de todos los partidos pudieran comparecer, no hicieron acto de presencia o hicieron la vista gorda.

Sucedía justo lo contrario cuando se trataba de candidatos de los partidos de derecha simpatizantes de la monarquía. Aunque a Yalós fue sólo uno, Kostópulos, el exdiputado, colaboracionista y fundador de la organización fascista de Yalós.

Habían preparado su comparecencia minuciosamente. Dimitreas el Pequeño y sus compinches alquilaron el café grande, invitaron a los yalitas a *ouzo* y consiguieron traer a todo el pueblo.

Cuando Kostópulos apareció en el balcón, que se había construido ya durante la guerra expresamente para ese momento, Dimitreas el Pequeño y sus hombres empezaron a vitorear y, para su grata sorpresa, los yalitas también. A fin de cuentas, Kostópulos no era muy apreciado.

–¡Queridos compatriotas!

–¡Viva! ¡Hurra! ¡Viva!

–Me conmueve profundamente que... (Hizo una pausa como para enjugarse una lágrima.)

–¡Viva! ¡Hurra! ¡Viva!

Los yalitas se desgañitaban y por encima de todos se oía a Sigue con el culo así. Dimitreas el Pequeño y Kostópulos intercambiaron una mirada expresiva. Pero ¿qué podían hacer? La gente no dejaba de dar vítores.

—¡Queridos compatriotas! —volvió a intentarlo Kostópulos.

—¡Viva! ¡Hurra! ¡Viva y mil veces viva!

—Así no, no puedo —susurró Kostópulos para sí.

Dimitreas el Pequeño se subió en una mesa.

—¡Se acabaron los vivas! —ordenó.

—¡Hurra! ¡Viva!

—¿No podéis cerrar la boca?

—¡Viva! —gritaron los yalitas, con Sigue con el culo así a la cabeza. Tenía sus propios motivos para hacerle la contra a Dimitreas el Pequeño. Dimitreas lo había tratado siempre como si no existiera. Además, aún no le habían pagado por todo lo que había tenido que correr desde primera hora de la mañana.

Kostópulos se dio cuenta de que era imposible dar un discurso, y Dimitreas el Pequeño no podía hacer nada. No ahora precisamente, ahora estaban todos los yalitas reunidos y aunque Dimitreas el Pequeño tuviera armas, no podía utilizarlas ahora precisamente. Kostópulos no quería pasarse de la raya. El principal instinto de los políticos es mantener la fachada.

Kostópulos se despidió de Yalós y los yalitas rodeado de aplausos atronadores y vítores. Le ayudaron a subirse a su mula, que lo llevaría a los pueblos de la montaña, donde no podía llegar coche ninguno. La mula era la Viuda, y estaba imponente con sus mantas rojas, las flores alrededor del cuello y un cartel enorme a lo largo del cuerpo: EL PARTIDO DEL PUEBLO.

Pero Kostópulos prometió regresar, y lo hizo, porque al final salió elegido.

No era raro que los yalitas hubieran puesto en ridículo a Kostópulos y a Dimitreas el Pequeño. Porque en Yalós, por encima de todas las ideas y opiniones, había un código de honor, un código que era el único secreto de la jerarquía del pueblo. Los yalitas aceptaban a algunos señores, pero no aceptaban a otros.

Aceptaban al gran terrateniente Musuris, porque Musuris nació siendo rico, nació en un caballo blanco y murió en un caballo blanco. También aceptaban al alcalde anterior porque era un hombre que satisfacía todas las exigencias yalitas de virilidad; desde cumplir con su palabra hasta fecundar a su mujer con hijos varones, desde aguantar el vino hasta tener una polla que, en caso de necesidad, se podía usar a modo de corbata. Pero estos nuevos señores no eran señores. Eran soldados que se habían ascendido a sí mismos. Los yalitas no estaban dispuestos a reconocer su autoridad. Estaban pendientes de que se presentara alguna oportunidad para engañarlos, para burlarse de ellos, para gastarles una broma.

En Grecia siempre ha sido fácil llegar a ser dictador. Pero que te tomen en serio es mucho más difícil.

El final de la historia

Fijaron el día de las elecciones el 31 de marzo. Sin embargo, hasta ese momento tuvieron lugar unos cuantos acontecimientos. El partido comunista decidió no participar en las elecciones. Varias formaciones liberales tomaron la misma decisión por los mismos motivos; el gobierno no podía garantizar unas elecciones libres, el país estaba sumido en el terror, del sur al norte. Pero, en el último momento, y probablemente por presiones inglesas, los partidos liberales decidieron participar. Los comunistas se quedaron solos en su decisión de boicotearlas, lo que supuso que se los acusara de situarse fuera de las reglas del juego de la democracia parlamentaria. Al mismo tiempo, Dsajariadis cometió otra torpeza igual de grave. Ordenó a un grupo de partisanos que, como una demostración de fuerza, tomara y ocupara una ciudad, la que fuera, la víspera de las elecciones.

Iban al mando de las tropas Markos Vafiadis y Kikitsas, los dos expertos líderes partisanos y héroes de la resistencia. Markos, que es como lo llamaría la gente más adelante, y Kikitsas escogieron Litójoro. La ciudad estaba defendida por gendarmes y un pelotón del ejército regular. Los partisanos tenían treinta y tres hombres.

La noche del 30 de marzo, la noche antes de las elecciones, llegaron Markos y Kikitsas a Litójoro. El pelotón del ejército no ofreció ninguna resistencia. Muchos de los soldados se pasaron incluso al bando de los partisanos. Pero los gendarmes lucharon hasta que los encerraron en su cuartel y le prendieron fuego. Sólo entonces se rindieron.

¿De qué iba a servir esa acción? De todos modos, Dsajariadis no estaba dispuesto a emprender la lucha armada. Había abandonado la línea legalista, que era la suya, sin conseguir nada a cambio.

El resultado de las elecciones no fue inesperado. Ganaron los partidos monárquicos. La participación electoral fue la más baja de la historia de Grecia. Sólo votó el 52%, y de esos un porcentaje llevaba muerto muchos años, mientras que muchos otros fueron votos dobles. Pero los reaccionarios habían ganado las elecciones y podían reivindicar al gobierno como legítimo.

El gobierno «legítimo» de Tsaldaris no dudó como Dsajariadis. Comenzó una lucha aún más intensa contra el comunismo. Pero no sólo contra los comunistas, sino contra todo aquel sospechoso de tener contacto con ellos: oficiales, funcionarios, médicos, jueces, maestros.

Surgieron muchas protestas contra la nueva oleada de terror, pero el ministerio responsable se limitó a contestar:

–Esto es una explosión de alegría. El bando vencedor está celebrando el triunfo electoral. ¡Ya se les pasará!

Sin embargo, no se les pasó. La alegría por la victoria continuaría treinta años más.

Dsajariadis resolvió al fin permitirle a Markos Vafiadis que organizara tropas de autodefensa, pero esas tropas eran absolutamente insuficientes para detener los actos de terror que no fueran a menor escala y en regiones aisladas.

Además, Dsajariadis no quería enfrentarse con el gobierno más de lo necesario. Lo que implicaba que las tropas de autodefensa debían actuar con gran cautela y tolerancia.

Pero muchos antiguos partisanos del ELAS vieron la creación de estas tropas como una señal de que la lucha ahora se resolvería en el campo de batalla. Muchos querían volver a la montaña, pero Dsajariadis no se lo permitió. Quedaba poco para el referéndum sobre la constitución. ¿Regresaría el rey Jorge II o no? La actividad de las tropas de autodefensa, sin embargo, fue motivo suficiente para que el primer ministro Tsaldaris impusiera unas nuevas leyes extraordinarias, que en la práctica implicaban la legalización de la represión. Siguieron llenando las cárceles, y volvieron a poner en marcha antiguos campos de deportación.

Grandes héroes de la resistencia, como el general Sarafis, el máximo líder militar del ELAS, y otros oficiales destacados fueron a parar a Macrónisos, esa isla tan temida, vigilada por simpatizantes de los nazis.

Pero a Vidalis, el subdirector de *Rizospastis*, el periódico del partido comunista, le esperaba el más cruel de los destinos. Estaba de viaje de trabajo al norte de Grecia para reunir material sobre los crímenes de los bandidos monárquicos cuando detuvieron su tren en medio de la vía.

El líder de los bandidos sacó a Vidalis bajo la supervisión de un oficial inglés y lo insultó, lo golpeó, le escupió. Pero aquello era sólo el principio. El bandido cogió una navaja. Para empezar, le sacó los ojos, después le cortó la lengua.

La cosa llevó su tiempo. Varias pasajeras gritaban, una se desmayó. El oficial inglés no movió un dedo, o más bien movió sólo un dedo, porque cuando Vidalis perdió la conciencia sacó la pistola y le pegó un tiro.

En ese clima se celebró la votación popular sobre la constitución en la que Dsajariadis había animado a los comunistas a participar. Sea como fuere, el rey regresaría con un 68% de los votos. Eso fue el 1 de septiembre de 1946.

Y así terminó tan bella y sangrienta historia. La resistencia del pueblo griego contra el nazismo, después contra Inglaterra y los reaccionarios patrios había terminado con la victoria de los reaccionarios.

Ya no estaban los grandes héroes. Sarafis estaba encerrado en Macrónisos y Aris llevaba muerto más de un año.

GUERRA FRATRICIDA

Una vez más

Las elecciones en Yalós fueron uno de los principales triunfos de Dimitreas el Pequeño. Para empezar, consiguió duplicar prácticamente el número de votantes, hasta el santo local participó en las elecciones. Por otro lado, el partido del gobierno sacó todos los votos. Los comunistas, que tampoco eran muchos, no votaron.

El gobierno lo recompensó con la contratación de un maestro recién licenciado para el colegio de Yalós, para poder deshacerse del alférez, cuyo comportamiento se había vuelto cada vez más escandaloso.

El alférez estaba ciego de patriotismo, lisa y llanamente. Había desenterrado su antiguo uniforme y en lugar de enseñarles a los alumnos las bases de la gramática, que él mismo también debía estudiar, los entrenaba para la futura marcha triunfal contra los búlgaros.

Cada día veían a los niños arrastrándose entre los arbustos, dando órdenes de alto, asaltando por la espalda a los compañeros, en resumen, haciendo la guerra. Sin embargo, las cosas le saldrían muy mal al alférez el día que fue a enseñar la estrategia de Alejandro Magno contra los persas en la batalla de Issos.

El alférez había pedido prestada una carretilla que representaría los carros blindados de los persas y fue corriendo hacia los alumnos, que estaban en fila delante de él, con la intención de que se apartaran para que él pudiera pasar entre ellos sin que sufrieran ningún daño.

Pero los alumnos no se apartaron. Habían decidido probar la estrategia de Epaminondas y formaron un círculo alrededor del alférez y la carretilla y le dieron una tunda de palos, puesto que los alumnos sabían aprovechar el caos generalizado que siempre se crea cuando dos estrategias distintas colisionan.

Pero Dimitreas el Pequeño ya no tenía ningún problema. Había eliminado a todos sus enemigos. El maestro volvía a estar prisionero en la cárcel de Esparta. La víspera de las elecciones llegaron dos gendarmes y lo arrestaron. Sólo que esta vez nadie tuvo fuerzas para llorar o indignarse.

Antonia preparó mecánicamente una maleta, el maestro escogió varios libros que quería llevarse a toda costa, entre ellos las teorías de Montessori, y acompañó a los gendarmes a una furgoneta que estaba esperando fuera.

No iba solo en el vehículo. También estaba la madre de Jristos el Negro. De sus hijos se encargarían sus padres, y Minos prometió cuidarlos y jugar con ellos. Jristos el Negro seguía desaparecido. No sabían nada de él. Tendría que pasar un año para que la gente empezara a hablar de alguien a quien llamaban Jristos el Maligno y resultó que eran la misma persona.

Yalós se había pacificado. Lo único que le quedaba a Dimitreas el Pequeño era acabar con los hijos del maestro, pero no tardaría mucho. A Yorgos le llegaría pronto la hora de hacer el servicio militar, y de Minos siempre se podían librar de una u otra forma. No corría prisa.

Además, estaba bien tener a alguien de quien vengarse si al maestro o a algún otro se le ocurría cualquier cosa.

—¡Ahora tendrán que meter los dos pies en un solo zapato! —decía bromeando Dimitreas el Pequeño, y esperaba con impaciencia al gran día, el día de la llegada del rey. El rey llegó a principios de septiembre de 1946.

Todo el día estuvieron sonando las campanas de la iglesia y Sigue con el culo así tenía que gritar desde el balcón del alcalde cada minuto:

–¡Ya viene! ¡Ya viene!

A los niños les dieron el día libre en el colegio y, bajo la dirección del nuevo maestro, formaron coros que iban recorriendo el Paseo de Yalós, y también los niños gritaban:

–¡Ya viene! ¡Ya viene!

Pero a muchos de esos niños no los habían engañado. Cuando el maestro no se enteraba, añadían:

–¡Y le vamos a taladrar el culo!

Y es que acerca del rey corría un rumor nada favorable. Pero bueno, sólo con rumores nunca se ha perjudicado a un rey.

A los yalitas les ordenaron que engalanaran con banderas su casa, los gendarmes y los compinches de Dimitreas el Pequeño, a los que habían ascendido a casi una milicia popular, iban corriendo por todas partes para controlar que obedecían las órdenes. No se permitían excepciones. Incluso le pusieron una bandera al diminuto retrete de uso público, y su nuevo jefe, porque al antiguo lo ejecutaron los alemanes, llevaba puesto su mejor traje mientras esperaba a que los yalitas terminaran de cagar.

Los yalitas seguían cultivando las mismas costumbres que Sócrates y los antiguos griegos, que se ponían juntos en cuclillas en los desagües de Atenas a debatir cuestiones filosóficas. Los yalitas no debatían problemas filosóficos tan a menudo, pero la letrina era un punto de reunión para la oposición yalita extraparlamentaria.

Cuando todo el mundo hubo izado las banderas, Yalós parecía un barco a punto de levar anclas en cualquier momento. Por supuesto, el rey tenía muchos seguidores en Yalós, de modo que el ambiente festivo no respondía sólo a una imposición.

Pero también había quien no quería saber nada de reyes y reinas. Iban inquietos intentando hacer algún tipo de resistencia. El tío Stelios preguntaba cada dos por tres:

–Pero entonces, ¿quién es el que viene?

Dimitreas el Pequeño estaba perdiendo la paciencia, pero no se atrevía a tocar al anciano. Al tío Stelios los yalitas lo querían mucho.

Fue al café y, cuando los coros del colegio pasaron por allí, los invitó a *lukumi* para celebrar de una forma digna la llegada del rey. Minos se comió él solo tres *lukumi*. La resistencia silenciosa encontró una vía de escape comiendo *lukumi*. Cuando otros yalitas antimonárquicos vieron lo que pedía el tío Stelios, todos pidieron lo mismo.

Comer *lukumi* no era una cosa tan inocente como podría parecer a ojos inexpertos. El *lukumi* es un símbolo de la homosexualidad, y comer *lukumi* era una indirecta clara sobre el rumor nada favorable acerca del rey.

Sin embargo, Dimitreas el Pequeño había sobornado a los camareros para que anotaran el nombre de todo aquel que comiera *lukumi* el día del regreso del rey. Un par de años después trataría de convencer a un juez de que un hombre era comunista porque se había comido cinco *lukumis* ese día precisamente.

El juez, que no estaba al tanto de la lengua yalita, no se dejó convencer. Llegó a reírse, incluso. Pero la lengua yalita tenía varias formas de insinuar que alguien era homosexual. Uno podía decir acerca de la persona en cuestión que, por ejemplo, le gustaba el *lukumi*, o que era un higo, o que le dolía el riñoncito.

Por eso, justo ese día muchos yalitas fueron preguntándose mutuamente cómo estaban los higos o cómo llevaban el riñoncito o si se habían enterado de algo sobre el «asesinato» y preguntas por el estilo cuyo verdadero significado entendía todo el mundo.

Por la noche habría una reunión y el nuevo maestro daría una conferencia sobre la cuestión: «El significado de la monarquía para una patria moderna».

Los carteles del acontecimiento los habían colgado el día anterior y alguno aprovechó para cambiar la palabra «monarquía» a «monarkidi», que significa una cosa muy distinta. Resulta que significa que uno sólo tiene un testículo, lo que sin duda es una señal de poca virilidad y quizá de homosexualidad.

Sin embargo, este sabotaje no fue descubierto de inmediato, pese a todo, el cambio no era tan notable. Pero se descubrió, y Dimitreas el Pequeño juró junto a la tumba de su madre que si no encontraba al culpable reduciría Yalós a cenizas. Pero nunca llegaron a descubrir al culpable, puesto que fueron unos alumnos del colegio los que habían llevado a cabo el sabotaje, y nadie se paró a pensar en los niños ahora que Yorgos Bocagrande estaba prisionero.

El caso es que llegó la noche, los yalitas se reunieron en el colegio, y Dimitreas el Pequeño dio primero su discurso.

—¡Estimados conciudadanos!

—¡La verdad es que ha mejorado bastante! —susurró el tío Stelios.

—Pues sí, ¡el hábito sí que hace al monje! —le dijo su vecino.

—¡Estimados conciudadanos! ¡Nos hemos reunido hoy aquí para celebrar un acontecimiento de trascendencia histórica para nuestra amada patria!

Un hombre que se encontraba un poco más alto que los demás hizo una señal con el brazo como si fuera un director de orquesta y los hombres de Dimitreas gritaron:

—¡Viva!

Hizo otra señal y los vivas cesaron de inmediato. Dimitreas tenía muy presente lo que había ocurrido con el discurso de Kostópulos.

—¡Este acontecimiento histórico es que nuestro querido rey ha regresado a nuestra querida patria!

—¡Viva el rey! ¡Viva!

—Nuestra querida patria, por la que todos hemos luchado para liberarla de los alemanes, pero también y sobre todo de los cerdos comunistas, que querían vendernos a los búlgaros. Y a esos cerdos comunistas les digo. Nosotros somos los que hemos construido la Acrópolis, así que no vamos a permitir que la vendáis. ¡Tendremos que estar muertos todos los griegos de verdad para que el comunismo pueda derrotarnos!

—¡Viva el alcalde!

Dimitreas el Pequeño estaba lanzado y entonces empezó a avecinarse el desastre.

–¡Estimados conciudadanos! Soy vuestro alcalde porque he combatido sin cesar el comunismo. He combatido a esos sucios rediles… (reptiles, susurró el maestro, reptiles), perdón, a esos sucios reptiles que quieren arrastrarnos a la inmundicia y a la falta de libertad. ¡Que quieren que vivamos sin rey y sin Dios y sin familia! Y digo yo: ¿qué va a ser de nuestra amada patria si todos follamos con todos? ¡Digo yo! Disculpad la expresión, pero soy un hombre del pueblo y pienso como el antiguo refrán. ¡El higo es el higo, y no oro!

Entonces la reunión estalló en carcajadas. Dimitreas, con su pasión retórica, había pisado una de las minas de la lengua yalita. Se puso coloradísimo, después blanco, y después gritó amenazador:

–¡Viva el rey!

Sus hinchas empezaron a vitorearlo y él se bajó del podio.

Y entonces le tocó el turno al nuevo maestro. Subió, se aclaró la garganta y se quedó completamente sin aliento de tan gran honor.

–Queridos compatriotas… Aunque es cierto que no soy de vuestro hermoso pueblo, Yalós, conocido desde la Antigüedad, no vengo de muy lejos. Bueno, lo dicho, queridos compatriotas, permitidme que os llame así, hoy he recibido un honor enorme e inesperado. El estimado alcalde me ha encomendado una honorable misión, y lo digo de verdad, pues ¿qué es en realidad un maestro? ¿Quién soy yo? –preguntó el maestro en medio de un ataque agudo de conciencia acerca de su propia insignificancia.

–Bueno, ¡esto va para largo! –volvió a susurrar el tío Stelios.

El maestro prosiguió y dio respuesta a su propia pregunta:

–Un niño, incluso un niño de otro pueblo, y se me encomienda el honor, me encomienda esta honorable misión nuestro estimado alcalde, permitidme que diga nuestro, en fin… ¡Y pienso hacer todo lo que esté en mi mano para cumplir esa misión de la mejor forma posible!

–¡Vaya por Dios! –se quejó el vecino del tío Stelios–. ¡Y yo con una liebre encebollada esperándome en casa!

–Es muy amplio el tema, sobre el que unos elementos criminales anónimos han intentado extender una pátina de burla cambiando el título de la conferencia; bueno, la verdad es que ha sido muy gracioso, ja, ja, el tema, como ya he dicho, es un tema muy amplio y harían falta varios estudios exhaustivos para poder aproximarse a la extensión que reviste, y, como sabéis, aún no tenemos ninguna biblioteca en nuestro querido Yalós, permitidme que diga nuestro, sólo me quedaban unos pocos libros educativos que contienen muchísimas cosas, por supuesto, porque los escribió el estimado inspector educativo que por desgracia no está presente...

–¡Al grano ya, al grano! –susurró Dimitreas el Pequeño, cuya vergüenza por el malogrado discurso se había transformado en hambre.

–Bueno, lo dicho, aún no tenemos biblioteca, pero esperamos tenerla pronto gracias a la mediación de nuestro estimado alcalde, espero de verdad, estimado alcalde, que usted nos obsequie con una biblioteca, todos necesitamos una biblioteca, por eso propongo, permitidme la libertad de proponer un «¡Viva!» por nuestro estimado alcalde.

–¡Viva el alcalde!

Así dijo el maestro con una vocecilla, y estuvo a punto de desmayarse de exaltación. Los yalitas gritaron «Viva» y empezaron a dirigirse hacia la salida. Creían que el maestro había terminado porque había llegado al «Viva» y todos gritaron a coro. ¿Qué más podía pedir de ellos?

El maestro no había terminado, ni mucho menos. Sin embargo, comprendió que no había ninguna posibilidad de retener allí a los yalitas. Querían irse a casa a cenar. Por eso gritó tan fuerte como pudo que creía que sería apropiado un «Viva» por el rey también, pero los yalitas no lo oyeron.

El Ejército Democrático

De modo que en el otoño de 1946 el rey Jorge II regresó a Grecia. Inglaterra había logrado su objetivo: un gobierno controlado y un monarca controlado. Pero en Grecia seguía habiendo gente que aún no había perdido la esperanza. Los grandes héroes, Aris y Sarafis, ya no estaban, pero el pueblo griego siempre ha sabido engendrar nuevos.

Además, no se produjo la política de reconciliación que el gobierno y el rey habían prometido, y que el pueblo griego esperaba. Se intensificó la guerra de exterminio contra los comunistas y sus simpatizantes.

A Markos Vafiadis le habían encomendado unos meses atrás la tarea de organizar las tropas de autodefensa comunista. Cuando se vio que las tropas eran insuficientes para responder al terror del gobierno, Vafiadis decidió crear un nuevo ejército de resistencia para una nueva guerra de resistencia.

Anunció la creación del Ejército Democrático el 28 de octubre de 1946, el día que se cumplían seis años del ataque italiano a Grecia. Markos no tardaría en ocupar el vacío que había dejado Aris.

Markos tenía una personalidad completamente distinta. Aris era impulsivo, violento, dramático, con su larga melena y una larga barba negra.

Markos era reservado, taciturno, siempre tenía una sonrisa amable en los ojos azules. Aris era impaciente, Markos sabía escuchar, nunca interrumpía a nadie.

Pero los dos eran unos talentos militares brillantes. Los dos eran capaces de aparecer con su ejército en cualquier momento en cualquier lugar y desaparecer a través de líneas enemigas como si no hubieran existido nunca.

Los dos dominaban a fondo las estrategias y tácticas de la guerra de guerrillas y por eso conseguían grandes victorias con tropas reducidas y pérdidas mínimas.

El Ejército Democrático creció rápidamente bajo el mando de Markos; de unos cientos de hombres a seis mil en unas pocas semanas. Era una fuerza militar considerable, y el ejército de los fieles a la Corona y los terroristas armados pronto tuvieron que retirarse para buscar refugio en ciudades más grandes.

El norte de Grecia volvía a respirar. La Montaña, que era como la gente había empezado a llamar a los partisanos, La Montaña volvía a ser lo que fue.

Otra vez se oía la canción orgullosa que la gente había cantado sobre Aris, pero ahora hablaban de Markos.

Markos, ¿qué montaña estás escalando ahora?
¿Qué ciudad oye tus pasos rápidos?
¿En qué colina, en qué sendero montañoso te detienes
para recobrar el aliento?

Junto al pueblo
subo por la montaña de la Grecia libre,
en libertad se me llena el pecho
del dulce soplo de la vida.
Y mi sombra es una bandera de oeste a este,
cuando la ven los hombres se vuelven valientes,
las muchachas más amorosas y los esclavos
quieren luchar por romper sus cadenas.

Los burócratas del partido comunista acabarían condenando a Markos en un futuro no muy lejano, del mismo modo que antes condenaron a Aris.

El pueblo griego no podía crear sus propios héroes y leyendas. La burocracia del partido escribiría la historia, una postura y una ambición que el partido compartía con los reaccionarios. Siempre es así. Dentro de la propia lucha por el poder se desencadena otra igual de extrema, la de la historia de la lucha por el poder. A los pueblos del mundo siempre les han arrebatado sus obras. El Ejército Democrático estaba organizado en unidades menores, de hasta treinta hombres. Markos era el máximo líder militar, pero en principio los jefes de unidad podían hacer su propia guerra. Eso implicaba una gran libertad y una gran posibilidad de emprender iniciativas propias.

Las unidades partisanas se movían con facilidad y conocían la zona, lo que en la guerra de guerrillas es de una importancia decisiva. Se conocían todos los caminos, todas las cuevas, todos los escondrijos.

Podían elegir dónde y cuándo iban a atacar. Por lo general, el Ejército Democrático también contaba con el apoyo de la población, pero no siempre y no de todo el mundo. Incluso los bandidos del gobierno tenían sus seguidores y el rey, los suyos.

Hasta 1947 el Ejército Democrático cosechó muchos e importantes éxitos. El gobierno de Atenas introdujo el servicio militar obligatorio. El ejército regular, que hasta ese momento no había desempeñado ningún papel relevante porque el gobierno lo consideraba poco fiable, quedó limpio de todo elemento de la oposición y arrojado al combate.

La guerra civil había comenzado.

Sería una guerra larga, y una guerra que el gobierno nunca llegó a llamar guerra civil, sino «la guerra de los bandidos». La guerra civil terminó en 1949 con la victoria absoluta de la derecha, pero tardarían años, hasta 1962, en declarar su fin.

Sería una guerra que costó alrededor de ciento sesenta mil muertos y un número mucho mayor de heridos graves. Hasta cien mil personas tuvieron que abandonar Grecia para vivir en el exilio. Varios miles acabaron presos en cárceles y campos de concentración, condenaron a muerte a tres mil quinientos y ejecutaron a mil quinientos.

Sería también una guerra que significaría el final del monopolio de Inglaterra sobre Grecia. El gobierno laborista de Attlee había sustituido a Churchill. Attlee no hizo cambios en la política exterior inglesa, pero no estaba dispuesto a seguir inyectando dinero y material de guerra al gobierno griego, al que consideraban del todo incompetente.

El gobierno griego tenía que buscarse nuevos valedores. Estados Unidos estaba en cola. La guerra que había empezado el Intelligence Service la terminó la CIA, que desde entonces se ha hecho cargo de varias guerras de exterminio comenzadas por Inglaterra y Francia. El general Van Fleet llegaría a declarar: «Grecia es nuestro laboratorio experimental».

Fue en Grecia y en la lucha contra el Ejército Democrático de Markos donde el Pentágono probó por primera vez sus métodos antiguerrillas, que después resultarían útiles durante la guerra de Vietnam. Fue en Grecia donde se usó por primera vez el napalm.

Fue en Grecia donde se crearon por primera vez «pueblos de refugiados», o sea, que se trasladó a poblaciones rurales a ciudades más grandes o a sus alrededores, para aislar a la guerrilla.

Pero el Ejército Democrático no era fácil de atrapar.

Como cuando éramos pequeños

Cuando el maestro volvió a terminar en la cárcel, a la familia le quedaba lo peor. Los Hites acosaban a Antonia y a los dos hermanos cada vez que tenían oportunidad, y las oportunidades no escaseaban.

Aprovechaban la muerte de Stelios para asustar a los otros dos.

—¡Mira lo que le ha pasado al bandido!

Yorgos se enfurecía, pero no había mucho que pudiera hacer. Dimitreas el Pequeño había tomado el mando ahora, había que aguantar.

Dimitreas y los Hites habrían ido más lejos si no hubiera sido por el tío Stelios. A fin de cuentas, Antonia era su hija y los hijos de Antonia eran sus nietos. Los Hites no se atrevían a correr el riesgo de provocar a todo el pueblo, puesto que sabían que los yalitas respaldarían al tío Stelios.

Pero la familia vivía con miedo. Cada vez que llamaban a la puerta se les paraba el corazón. Cada vez que se veían obligados a estar fuera de casa cuando caía la noche, sentían que el pánico acechaba en cada esquina.

Era como volver a ser niño. Minos recordaba que una vez fue paseando solo desde casa de sus padres a la de sus abuelos después de oscurecer, y que de repente la noche se le echó encima.

Una noche llena de serpientes, de serpientes asquerosas verdes y negras, y Minos trató de ir despacio, trató de resistirse al miedo, pero el miedo se volvía cada vez más intenso y al final Minos se rindió. Fue todo el camino corriendo tan rápido como podía, perseguido por la noche y por miles de serpientes.

Desde entonces le tenía miedo a la oscuridad, y siempre le pedía a su madre o a otra persona que lo *miraran* cuando iba al retrete. De lo contrario, no se atrevía.

Hasta que alguien no se colocaba junto a la ventana o junto a la puerta y Minos sabía que a su espalda había dos ojos amigos, hasta que no estaba seguro, no se atrevía a salir.

–¿Me estáis mirando o no? –preguntaba.

–Que sí, hijo, ¡te estamos mirando!

–¡Y el dragón también! –añadía el tío Stelios, que disfrutaba asustándolo.

Y entonces Minos daba unos cuantos pasos con los pantalones a medio bajar antes de detenerse repentinamente y comprobar el estado de la cuestión.

–¿Me estáis mirando o no? –preguntaba.

–Que sí, hijo, ¡te estamos mirando!

Con dos ojos amigos a la espalda pueden superarse muchas cosas en el mundo. Minos había tenido que aprenderlo.

Pero ya no era un niño y tenía el mismo miedo que entonces. Además, ahora estaba más solo. Dos de la banda habían desaparecido, sólo quedaban él y Yannis el Devoto. Pero Yannis el Devoto tenía muchas ideas.

A las afueras de Yalós, en uno de los campos del gran terrateniente Musuris, había una alberca enorme. Allí recogían el agua de lluvia porque nunca podían estar seguros de que bastara con El Rabión.

En la alberca se bañaban los niños de Yalós, aunque aquello se parecía más a la guerra, claro. Se hacían ahogadillas, se robaban los pantalones y muchos habían tenido que volver andando a casa como Lady Godiva, pero sin cabello con el que ocultar el cuerpo desnudo. Además, se chinchaban unos a otros con la longitud del pene, y los que por naturaleza habían sido dotados con un miembro poderoso caminaban despatarrados y ufanos, mientras que los menos dotados iban inclinados y tratando de ocultar su desdicha.

En Yalós los muchachos se convertían en cristianos en la diminuta pileta de la iglesia y se hacían hombres en la gran pileta de Musuris.

Pero la alberca no la usaban sólo los niños. También la utilizaban todas las culebras de Yalós, que, dado el fresquito que hacía en las inmediaciones de la alberca, habían elegido justo allí un rincón para su cortejo anual.

Era una hondonada pequeña y fría en el suelo, y alrededor crecían helechos y cardos. En la hondonada se reunían las culebras una vez al año. Se enroscaban unas con otras y se quedaban allí quietas, a veces hacían movimientos lentos, placenteros.

Los yalitas acostumbraban a ir allí a mirar, porque las serpientes eran totalmente inofensivas, y había cierta magia en sus siseos, en sus cuerpos largos y delgados.

A veces se podía ver a alguna que otra que, por cansancio o por la razón que fuera, se retiraba, se enroscaba como una boñiga fresca y se quedaba mirando a sus compañeras que continuaban con su lucha pacífica por la supervivencia.

Las serpientes tampoco les tenían miedo a los yalitas. Eran un poco hurañas, pero nunca iban con mucha prisa cuando se retiraban, como otras serpientes. Sí que se alejaban reptando, pero a paso lento, y en cierto modo recordaban a cisnes sin plumas.

Los yalitas llevaban siglos y siglos conviviendo con las serpientes, se conocían y se tenían confianza mutua. Las culebras limpiaban la tierra de ratones e insectos, invitaban a su ceremonia anual, mantenían con vida el mito de Asclepio y el origen de Yalós.

Pero efectivamente, Yannis el Devoto tenía muchas ideas. Minos y él quedaron en pleno día, cuando más calentaba el sol y más calmadas estaban las culebras, más apacibles. Los muchachos se dirigieron a la alberca. Llevaban porras, piedras y una botella de queroseno que Yannis el Devoto había robado, por supuesto.

Primero se sentaron un rato a contemplar las serpientes, que no parecía que se hubieran percatado de su presencia. Después, Yannis el Devoto les vertió por encima el queroseno. Las culebras reaccionaron, pero no con pánico, sólo se movieron de sitio, eran como una gigantesca masa viviente. Luego Minos les lanzó un trapo encendido y las serpientes empezaron a arder. Iban dando vueltas, se arrastraban en todas direcciones, siseaban, ahora de una forma muy distinta. Los muchachos las atacaban con piedras y con las porras. Cada vez que le daban a una, se gritaban palabras de ánimo.

–¡A esa!

–¡Acaba con esa!

–¡Machácale la cabeza!

–¡Putas serpientes de mierda!

Fue una orgía de muerte. Las culebras que estaban ardiendo se retorcían de dolor, intentaban llegar a la alberca, pero los muchachos no dejaron que se les escapara ni una. Todo estaba lleno de serpientes destrozadas cuando se marcharon.

–¡Esto le habría gustado a Jristos! –dijo Yannis el Devoto.

–¡Vaya que sí! –respondió Minos.

Cuando descubrieron el asesinato de las culebras, los yalitas mayores se escandalizaron. Sin que nadie llegara a decirlo en voz alta, todos pensaron que cabía esperar que ocurriera algo terrible. Intentaron adivinar quién podía haber hecho una cosa así, pero no se les ocurrió nada. Los muchachos eran una tumba.

Pero cuando se quedaban a solas, se contaban una y otra vez su hazaña. Disfrutaban reviviendo cada detalle, pero al mismo tiempo estaban un poco asustados. Relatar lo que había ocurrido era una forma de alejar el miedo.

Los muchachos tenían miedo del mismo modo que los mayores. Había muerto un símbolo, y cuando los símbolos mueren, los corazones de la gente se vuelven fríos, gélidos y temerosos.

El silencio

Cuando Rebeca supo a ciencia cierta que sus padres no volverían nunca más, cuando sólo le quedaba Minos, se distanció de él. «Vivirás en soledad como la luna», le había susurrado la voz secreta. A Rebeca ya no le quedaban fuerzas para romper su soledad. El tiempo del amor había pasado. El amor sólo significaría que iba compartir su dolor con alguien más. Pero no quería compartirlo, quería tener ese dolor para ella sola. Había que escoger: o un gran amor o un gran dolor. Rebeca había escogido lo segundo. No fue elección suya. A través de ella habían elegido miles y más miles de mártires y santos, pero Rebeca no lo sabía.

Minos había intentado romper su silencio varias veces, pero era como hablar con alguien que no estaba presente. Rebeca no estaba presente. Minos veía que el silencio ya no sólo era una condición de ella, sino que todo lo que la rodeaba estaba en silencio.

Cuando entraba en una habitación, la mesa y las sillas enmudecían. Cuando se sentaba a cenar, la estancia enmudecía, la envolvía y ella se movía por allí en silencio como si estuviera tras un cristal, visible pero lejos, entre los demás, pero sola.

Eran un silencio nuevo y una soledad nueva. Minos se veía impotente. Todos se veían impotentes: Maria la Santa, el tío Stelios y Antonia, la madre ave.

Rebeca abría la puerta y los dejaba pasar, pero en cuanto entraban en su jardín mágico quedaban como paralizados.

Rebeca mantenía la sonrisa en los labios como si quisiera decir: «¿Qué os había dicho?».

Eran testigos impotentes de su transformación. Estaba cada vez más delgada, su piel iba perdiendo el brillo, ni tan siquiera la voz era la misma. Hasta la voz se había quedado sola.

Minos quería a Rebeca y lo sabía. Pero a veces la gente se da cuenta de que quiere a alguien de una forma que no se parece en nada a un pinchazo en el corazón.

A veces nos enteramos de que queremos a alguien como si esa experiencia fuera la única experiencia de la que somos capaces, la única experiencia que tenemos no sólo de otra persona sino de todo el mundo que nos rodea.

Rebeca siempre se iba al balcón a la hora de la siesta, cuando el resto de la casa descansaba. Una tarde en la que Minos tampoco quería dormir, subió al tejado y la observó desde allí sin que ella lo supiera.

Estaba sentada muy quieta. Tenía delante una tajada de sandía, que a veces se llevaba a los labios y chupaba como si tuviera una armónica.

Minos podía ver las marcas de los dientes y los labios en la suave carne rojiza de la sandía. Podía verle la marca de nacimiento del cuello cuando echaba la cabeza hacia delante. Podía ver aquellos dedos finos que lo habían acariciado, los hombros que había abrazado una vez, muchas veces, hacía mucho, mucho tiempo.

–¡Eres mía! –susurró–. ¡Eres mía!

Y rompió a llorar, y Rebeca nunca llegó a verlo. Estaba mirando hacia el valle mientras pensaba en sus difuntos. Rebeca ya no era suya. Nunca más lo sería.

Rebeca no era la única que había cambiado recientemente. Tampoco Yorgos era el mismo. Él también se había vuelto más callado, y a veces oían que se pasaba las noches despierto caminando por la cocina de un lado para otro sin poder dormir.

Yorgos estaba pasando una grave crisis. Había llegado su carta de reclutamiento y, cuando fue a recogerla en la oficina de Dimitreas el Pequeño, el hombre se rio a carcajadas y dijo:

—¡Bueno, pues ya puedes irte a matar bandidos, eh, amiguito!

Yorgos no contestó. Se puso en contacto con el responsable del partido comunista en la región.

¿Qué debía hacer? ¿Debería presentarse o debería marcharse a la montaña?

Tuvieron una larga conversación, pese a que el viejo comunista no era un hombre que hablara mucho sin necesidad. Pero no sabía qué aconsejarle. Sabía que, por supuesto, la línea del partido era que todos los comunistas tenían que permanecer en su lugar de residencia, pero ¿y a los que llamaban al ejército?

Naturalmente, existía la posibilidad de ser útiles dentro del ejército, podían intentar organizar células de resistencia, de hecho, el partido había prescrito algo similar, pero también sabía que una táctica así sería complicada de llevar a cabo, al mismo tiempo que el Ejército Democrático necesitaba a todo aquel que pudiera portar armas.

—La verdad es que no lo sé. ¡Vas a tener que decidirlo tú solo!

—¿Hay alguna célula que funcione dentro del ejército?

—No estoy seguro. Debería haberla.

—¿Y cómo va La Montaña?

—Bueno, por aquí nos las vamos arreglando.

Era cierto. El Ejército Democrático tenía aisladas y sin actividad a las tropas del gobierno en el Peloponeso.

—Tendré que pensarlo…

—Pero no estés mucho tiempo pensando. Si vas al ejército dos días tarde, ¡te acusan de deserción!

—Ya, ya lo sé. Pero ¡es raro que el partido nos mande directos a las fauces de los leones!

—¡Tenemos que confiar en el partido!

—Eso ya nos ha salido caro antes, ¡y nos puede volver a salir caro!

–¡La lucha exige sacrificios! Puede que algunos hayan sido innecesarios, pero es como decía el camarada Lenin, ¡que sólo los que no trabajan se libran de cometer errores!

Yorgos se fue de la reunión sin haber conseguido repuesta alguna, pero se había llevado una cita para reflexionar por el camino. Estuvo pensando un buen rato y al final decidió obedecer la convocatoria.

A pesar de todo no se había descartado que pudiera serle útil al partido en el ejército. Pero también pensaba en su familia. Si se marchaba con La Montaña, ¿qué haría Dimitreas con Antonia y Minos? Pero si Yorgos estaba en el ejército, existía la posibilidad de que los perdonara.

Pronto se vería que Yorgos se había equivocado en sus dos hipótesis; del mismo modo que tantos otros, porque hubo muchos que razonaron igual.

Precisamente, con el tiempo, aquellos hombres jóvenes fueron a parar a Macrónisos para hacer un curso de conversión bajo tortura y maltrato o formar compañías especiales, que sobre todo picaban piedras o le construían carreteras al ejército. Tampoco perdonaron a sus familiares. Llegó un momento en el que tener parientes en Macrónisos era delito.

Yorgos había tomado la decisión en secreto. Nadie de la familia estaba al tanto. Retrasó el momento de darles la noticia hasta la mañana en la que debía partir. A los demás apenas les dio tiempo a reaccionar. Pero él les dio un beso inusualmente largo antes de montarse en el autobús que lo llevaría al lugar de inscripción.

No volverían a verlo hasta dos años después, tumbado en el pasillo de un hospital, con tuberculosis muscular, gordo como una ballena y con una sentencia de muerte pesando sobre él. Minos no lo reconocería.

El corazón negro de Grecia y el Plan Marshall

En la comarca de Yalós el espíritu era conservador desde tiempo inmemorial. Laconia siempre ha sido la tierra prometida de reyes y generales. Laconia siempre ha sido el corazón negro de Grecia.

Los partisanos no eran demasiados en Laconia, pero eran tanto más duros, tanto más decididos. Al igual que quienes los perseguían. La guerra civil en Laconia fue cruel, despiadada e ineludible.

Yalós no dejaba de perder población. La gente se iba a las ciudades grandes donde al menos se podían librar de la agitación diaria de la guerra. Pero otras personas vinieron a Yalós. Eran «refugiados», gente de los pueblos de montaña que se habían visto obligados a dejar su casa y sus ovejas, quienes las tenían, para que los partisanos no encontraran apoyo.

Cada día llegaban a Yalós nuevos refugiados. A veces con apenas unas prendas de vestir, a veces con un carro cargado de todo tipo de cosas necesarias e innecesarias, a veces con niños en brazos o con un anciano enfermo.

Tenían que arreglárselas como pudieran, y los yalitas ya habían empezado a refunfuñar contra aquellos aprovechados. El gobierno les había prometido vivienda y trabajo, pero nada. Colocaron unas cuantas tiendas, los afortunados que consiguieron un lugar allí fueron pocos, y eso fue todo.

Los pueblos de refugiados fueron una invención americana. También fue Estados Unidos el que se inventó el llamado Plan

Marshall. El Estado griego recibiría ayuda económica para reparar los daños de la guerra.

Vinieron a Yalós unos muchachos americanos bien rollizos y repartieron cepillos de dientes a los refugiados, cepillos de dientes y chicles.

También vinieron mujeres de la Cruz Roja y repartieron el dichoso aceite de hígado de bacalao, que sabía a rayos y estaba provocando una guerra civil entre padres e hijos.

La resistencia contra el aceite de hígado de bacalao era tal que el maestro tuvo que distribuirlo en las horas de clase y supervisar personalmente que se lo tragaran. Con el tiempo empezaron a dar un gajo de naranja para bajar aquella porquería, pero no sirvió de nada. Muchos niños se ponían a vomitar como gatos.

Incluso el sacerdote tuvo que dar un sermón sobre lo sano que era el aceite, aunque cuando él lo probó soltó lo siguiente:

–¡Maldita sea! Menos mal que la comunión no sabe igual, ¡de lo contrario seríamos todos paganos!

Mientras tanto, el mercado negro florecía en Atenas y El Pireo. La gente con dinero compraba barato a la Cruz Roja o a los responsables del Plan Marshall. Eso no impedía, sin embargo, que todos dieran largos discursos patrióticos, que no dejaran de maldecir al comunismo y a las almas perdidas que creían en él. Después continuaban hasta el siguiente campo de refugiados.

Pero a Yalós también le afectó el Plan Marshall. De hecho, al municipio le entregaron dos yeguas húngaras gigantescas, que harían las veces de tractor y probablemente de fábrica de abono, pues en Yalós nunca habían visto un animal que cagara tamaños montones humeantes de auténtico heno griego.

Cuando Dimitreas el Pequeño, que aceptó las yeguas en una ceremonia oficial, vio por primera vez a las bestias, estuvo a punto de desmayarse.

–Creo que todos vamos a tener que doblar el lomo si queremos poder darles heno a estas dos –les confesó a sus hombres de confianza.

Las dos yeguas no tardaron en hacerse legendarias. Gente de otros pueblos venía a Yalós para observarlas y Dimitreas el Pequeño, que en realidad no debería haber sido alcalde sino director de circo, puso entrada de pago al establo.

Las dos yeguas húngaras llegaron incluso a salvarle la vida a Yorgos Bocagrande. El municipio necesitaba a alguien que cuidara de las yeguas municipales y entonces Dimitreas el Pequeño pensó en Bocagrande, que estaba prisionero y comiéndose el pan negro del pueblo sin hacer nada de provecho.

De modo que Bocagrande tuvo que empezar a cuidar de las yeguas, que se convirtieron en un padre y una madre, aunque fueran dos hembras. Yannis el Devoto y Minos iban mucho a visitar a Bocagrande y debatían qué clase de caballo sería capaz de escalar aquellas dos montañas.

Pero con el Plan Marshall llegaron a Yalós varias atracciones. Los yalitas pudieron ir al cine por primera vez en su vida. Se trataba de un coche militar que llegó a Yalós con unos altavoces por los que convocaban a todo el mundo esa misma noche en la plaza, y allí colocaban una pantalla en la que los yalitas, atónitos, podían ver imágenes de los últimos combates por Grecia, acompañados de música militar, y a un señor gritón que llamaba a los partisanos «bandidos» y al ejército, «nuestras distinguidas fuerzas armadas».

Pero más tarde llegó el verdadero apogeo. Proyectaron un largometraje y antes, el noticiero de 20th Century Fox, el que siempre empieza con un desfile de muchachas de largas piernas, y cuando los yalitas vieron aquellas piernas desnudas empezaron a silbar de entusiasmo y a gritarse unos a otros:

–¡Ay, señor mío! ¡Quién pudiera estar ahí!

Después del noticiero vino el largometraje. Era una historia de amor entre un muchacho pobre que al final de la película se había hecho millonario, y una joven rebelde de clase alta que al final de la película estaba dócil como un corderito y embarazada como un elefante.

Cuando él la besó por primera vez al cabo de media película, la multitud volvió a la vida. Empezaron a silbar y a gritar «Cuidado con la miel» o «Dame a mí también, abuelo».

Después, cuando ya por fin se puso a dejarla preñada, el director mostró imágenes con montañas y olas y la decepción de los yalitas fue indescriptible.

Lo del cine era un gran misterio. Algunos creían que si uno se asomaba corriendo detrás de la pantalla podría ver de verdad lo que no se podía ver de otra forma. Y cuando la protagonista se sentaba con las piernas cruzadas, había muchos que se agachaban para mirar debajo de la falda.

Pasó bastante tiempo hasta que los yalitas comprendieron el funcionamiento del cine, pero aun así, sobre todo en las películas del oeste, no podían evitar meterse tanto en la trama que incluso llegó a haber peleas entre los espectadores, porque una mitad iba con El Bueno y la otra con Los Malos. Siempre resultaba que El Bueno era uno, pero Los Malos eran varios. Seguro que así era como veía Hollywood el papel de Estados Unidos en el mundo.

Cuando, por ejemplo, Los Malos habían organizado una emboscada estupenda y El Bueno llegaba cabalgando sin sospechar nada, los que iban con él le avisaban.

–¡Cuidado con lo que hay detrás de los arbustos!

Después de lo cual El Bueno veía a Los Malos y los hacía papilla, y los espectadores que esperaban que se llevara un puñetazo se quedaban con las ganas, y pagaban la decepción con sus partidarios.

En fin, muchas cosas llegaron a Grecia con el Plan Marshall. Hasta los condones llegaron, y había un breve anuncio que echaban cada dos por tres con un gatito blanco y un gato grande negro, y el gato grande negro decía «Miau, miau» y el gatito blanco respondía:

–Vale, ¡pero sólo si te pones el gorro!

Tuvo que pasar más o menos un año para que los yalitas comprendieran de qué era el anuncio.

El Plan Marshall se acabó convirtiendo en un símbolo. Todo el mundo sabía de su existencia, aunque hubo pocos que resultaran agraciados. Si alguien conseguía volverse rico de repente, decían «ese está en el Plan Marshall». Estados Unidos era famoso tanto en Yalós como en el resto de Grecia.

Todo lo nuevo que llegaba decían que provenía del Plan Marshall, y contaban de un alcalde que cuando fue a recibir a una compañía de soldados negros de la marina dijo:

–Y gracias al Plan Marshall, ¡podemos incluso contemplar a estos negros!

Qué le iban a hacer. «*Uncle Sam*» se había ganado el corazón yalita.

La mujer que Tú me diste

La enfermedad de Rebeca llegó sin previo aviso. Ni siquiera llegó como una enfermedad. Parecía como si fuera una prolongación de su dolor. Ya antes de la enfermedad comía muy poco, dormía mal y había perdido la fuerza y la juventud.

Incluso los ojos le habían envejecido. Estaban más grandes que nunca, pero su brillo no era joven. Sin embargo, no había dejado nunca sus quehaceres diarios.

Hasta que un día, cuando estaban cenando, Rebeca tuvo que salir corriendo de la habitación como si la persiguieran. Minos se levantó para acompañarla, pero ella hizo un gesto para que no.

Cuando volvió, estaba muy pálida. En la frente tenía dos gotas enormes de sudor. Había estado vomitando.

Primero pensaron que era un malestar pasajero, a excepción de Maria la Santa, que, por supuesto, sospechaba que Rebeca estaba embarazada y le lanzaba miradas expresivas a Antonia, pero la madre ave se limitaba a reírse.

El malestar persistía. Rebeca no podía comer un trozo de pan ni beber un trago de agua sin vomitar. Antonia y Maria la Santa consultaron a otras mujeres, que tampoco fueron capaces de averiguar qué le pasaba.

No había a mano ningún médico al que acudir y, aparte de que no podía retener nada, por lo demás no tenía ningún otro malestar, ningún dolor. Aunque poco a poco empezó a aparecer algo de fiebre, pero sólo por las tardes.

Al cabo de unos días estaba tan debilitada que no podía salir de la cama. Tenía que pasar el día entero en su cuarto y se quejaba de la luz del sol, que le resultaba demasiado fuerte. Minos abandonó temporalmente a Yannis el Devoto para quedarse con ella todo el tiempo que ella quisiera. Se sentaba junto a su cama y a veces hablaban, a veces estaban en silencio. Pero eso no sucedía a menudo.

A raíz de la enfermedad, Rebeca había recuperado el habla. Tenía ganas de hablar, y hasta prisa. Su voz secreta había vuelto a despertarse y estaba repleta de palabras e imágenes.

–¡No me da miedo morirme!

–¡No te vas a morir, ni mucho menos!

–Sí, sí que me voy a morir, pero eso no me da miedo. ¡Anhelo la muerte! ¿Sabes lo que es la muerte? La gente cree que es como quedarse dormido, tal vez con sueños, tal vez sin sueños. Pero no, la muerte es como otra vida, aunque no sabes que estás vivo. Estoy segura. Te reencuentras con todos los tuyos y, después, cuando tú también mueras, entonces podremos encontrarnos, aunque hay que querer. ¿Tú quieres?

–Pero ¿qué dices? ¡Que no te vas a morir, ni hablar!

–Respóndeme, es importante que lo sepa. ¡Yo te voy a esperar! Y nos encontraremos con Markus y con mi hermana, Judit, y no tendrán ninguna herida en el cuerpo. Estarán exactamente igual que antes de morir. Cuando te mueres no te haces viejo. Por cierto, he soñado con Markus. Pude ver perfectamente que se le había curado las heridas y las cicatrices parecían una flor, aunque no fui capaz de distinguir cuál...

Minos le cogía la mano y la dejaba hablar. Maria la Santa entraba a cada rato para asegurarse de que no estaba pasando nada indecente entre la enferma y su cuidador. Minos conocía bien a su abuela, así que un día salió de la habitación y le susurró al oído:

–Abuela, creo que va a ser niño. ¡En nuestra familia sólo hay niños!

—¡Vergüenza debería darte, hijo! —chilló Maria la Santa, aunque estaba tranquila porque ella también conocía bien a su nieto.

El estado de Rebeca empeoraba cada día. Al final, ni tan siquiera era capaz de mantener abiertos los ojos. Se quedaba quieta en la cama y parecía que dormía. No estaba durmiendo. Ni de eso era capaz. Estaba siempre como con un sopor, y el hambre le daba una sensación de embriaguez y levedad. Ya no sabía que estaba tumbada en la cama. Creía que estaba flotando.

Minos se sentía cada vez más desesperado. Al final comprendió que Rebeca se estaba muriendo. Cuando no estaba con ella, daba largos paseos solo y pensaba, pensaba tanto que le dolía la cabeza, pero era evidente que no había nada que pudiera hacer.

Un día llegó paseando hasta la colina del santo, a las afueras de Yalós, donde le habían construido una iglesia pequeña. La banda de Minos solía limpiar la iglesia del dinero de los creyentes siempre que podía. De repente se le ocurrió que a Rebeca la estaban castigando por las fechorías que él había cometido.

La impotencia alimenta la culpa, siempre es así. Minos entró en la iglesia. Los rayos del sol vespertino entraban ondulantes a través de las ventanas de colores. Minos se dirigió hacia el icono del santo y se quedó un buen rato observándolo.

También el santo había muerto de un amor desgraciado pero perfecto, aunque se había convertido en una leyenda y seguía viviendo. Su tumba aún la vigilaban los pájaros, acudían allí todas las primaveras, cantaban, jugaban y ponían huevos. El santo se había convertido en una leyenda, y también la gente iba y se nutría de esa leyenda para poder seguir viviendo.

¡Necesitar tanto consuelo para ser capaz de salir adelante! ¡Necesitar tantas historias, tantos recuerdos! Iba a ser una vida dura, Minos lo vio con total claridad, lo comprendió perfectamente.

Pero hay que sacar fuerzas para seguir adelante, Minos no llegaría a ser ningún santo, no moriría de un amor perfecto. Pensó en su abuelo paterno, que siempre decía que lo único que redime a la gente es que todos están tullidos. Minos comprendía ahora lo que quería decir el abuelo. Iba a ser un tullido, se iba a convertir en ser humano, la tierra necesitaba humanos, hasta los santos necesitan humanos.

Cuando llegó a casa, Rebeca había muerto. Minos entró corriendo en la habitación. Cayó de rodillas delante de la cama. No rompió a llorar, más bien aullaba. Antonia y Maria la Santa trataron de apartarlo, pero Minos se aferró al cuerpo inmóvil de Rebeca, empezó a sacudirla, había rebasado el dolor, estaba furioso, tremendamente furioso, y gritó.

–¡Era mía, puto dios! ¡Era mía!

Después se desmayó. Una muerte breve, un último intento de compartir su vida con Rebeca, pero era demasiado tarde. Rebeca había muerto a pesar de que era suya.

El entierro de Rebeca conllevó ciertos problemas técnicos. Y es que no era cristiana. El sacerdote estaba muy preocupado, pero Maria la Santa, cuya palabra pesaba mucho en los entornos religiosos, había hablado con él y le había dicho que Rebeca se iba a convertir al cristianismo.

Rebeca se había leído todos los libros sagrados que tenía Maria la Santa, y si no hubiera muerto prematuramente seguro que tarde o temprano habría terminado abrazando la fe del Señor. Además, Rebeca era una muy buena persona.

Este último argumento no le dijo mucho al sacerdote, en cambio el primero sí. Sugirió que podían ver a Rebeca como una aprendiz del cristianismo y que, por consiguiente, podían enterrarla como a una niña cristiana a la que no habían podido bautizar en la pila.

No era una mala solución, otros habían llegado a ser obispos por menos. Maria aceptó. Además, resulta que cuando los niños mueren antes de que los bauticen, consideran que están libres de todo pecado, por eso muchos maestros de la antigüedad pintaban a los ángeles con rostro y cuerpo de niños.

Maria la Santa estuvo trabajando mañana y tarde para organizarlo todo para el entierro. Había que lavar el cadáver de Rebeca y había que vestirlo con un atuendo adecuado y había que llorarlo de la forma adecuada, no con los improperios paganos de Minos, porque entonces la familia tendría que cavar otra tumba, la suya. Rebeca había muerto de pena y de amor, pero Maria la Santa podría morir de vergüenza.

Acudieron las plañideras más o menos profesionales de Yalós y toda la casa estuvo un día entero resonando con sus cantos fúnebres con aquel ritmo lento y sus vaivenes acompasados.

Una avecilla vino, vino del reino de la muerte,
construyó su nido en una rama de olivo
y las hojas y las flores del árbol se marchitaron.
Los que estaban de luto preguntaron:

Dinos, avecilla, dinos, ¿cómo están los que se encuentran allá abajo?
¿Tienen armas los jóvenes, tienen joyas las muchachas?
¿Tienen los niños juguetes para jugar?

Allá abajo no tienen joyas, y no portan armas
y los niños, los desdichados, preguntan por sus madres.

En cierto modo, la muerte se vuelve menos incomprensible cuando la cantamos. Pero para Minos esas canciones eran un tormento, pues aún era demasiado joven. Minos aún no era humilde ante la muerte, en algún lugar de su interior creía que Rebeca se iba a despertar en cualquier momento, que se levantaría para salir del ataúd con todas las flores, que se acercaría a él, se reiría y le diría que había sido una broma. Que su única intención era comprobar si la quería.

Minos acostumbraba a fantasear sobre su propia muerte, pero sólo como una venganza, la venganza definitiva, si los adultos no hacían lo que él quería, o no le dejaban hacer lo que él quería.

No fueron muchos los que acompañaron a Rebeca al cementerio. A sus parientes los habían exterminado y a muchos yalitas les daba miedo que los vieran junto al ataúd. Dimitreas el Pequeño odiaba a los judíos, quizá se ofendiera, lo mejor era andarse con cuidado.

Estuvieron sólo el sacerdote, el tío Stelios, Maria la Santa, Minos, Antonia y otras mujeres y hombres mayores que ya no tenían nada que temer.

El sacerdote leyó rápido las palabras sagradas. A pesar de la solución jesuita tan poco escrupulosa que se había inventado, no estaba seguro de si hacía lo correcto enterrando a Rebeca en tierra sagrada.

El cortejo se quedó delante de la tumba recién excavada. Olía mucho a tierra, un aroma dulce y pesado. Minos estaba entre Maria la Santa y Antonia. Hasta que los sepultureros no metieron el ataúd en la tierra, hasta entonces no tomó conciencia de que Rebeca estaba muerta.

El sacerdote echó una palada de tierra sobre el ataúd. Minos vio cómo las hojas, las piedras y las raíces rebotaban contra la madera, se esparcían. Según la tradición, la persona más cercana al difunto debería echar un puñado de tierra.

Hubo una breve pausa. Intercambiaron una mirada. Antonia le dio un empujoncito a su hijo en la espalda. Minos se quedó junto al ataúd, la tierra era marrón, tenía un olor pesado. Cogió la pala y...

Ahí abajo está. «Eres mi marido», le había dicho ella. Y el mar. Su dulce cuerpo desnudo. Ahí abajo está.

... Soltó la pala.

–¡Y si le hago daño! –dijo llorando.

Recordatorios

Un día, largo tiempo después del fin de la Segunda Guerra Mundial, llegó a Yalós un hombre que resultaba conocido por alguna razón, aunque nadie podía decir quién era. El hombre estaba completamente callado, no articulaba palabra, e incluso cuando le preguntaban una cosa se limitaba a responder asintiendo o negando con la cabeza.

No parecía saber por qué había ido a Yalós, no parecía conocer a nadie allí, pero no dejaba de pasear alrededor de la casa de Bocagrande, y a veces se sentaba a mirarla durante horas.

A veces lo veían llorar. Le corrían las lágrimas en silencio por las mejillas sin afeitar y parecía estar esforzándose al máximo en pensar, pero era obvio que nada le venía a la cabeza.

Era el padre de Bocagrande. Había estado en Dachau. Allí lo habían maltratado y a causa de ello había perdido la memoria.

Cuando los aliados lo encontraron, fue incapaz de darles ninguna información acerca de dónde venía, pero un compañero preso sabía que era de Grecia. Lo montaron en un tren y con el tiempo acabó en Atenas.

Después siguió por sí mismo, aunque no sabía adónde iba. Pero dentro de él había un sentimiento, un instinto: el mismo instinto que fuerza a los salmones a nadar cientos de quilómetros para regresar a su río o a su lago de nacimiento a poner allí los huevos.

Cuando por fin llegó a Yalós, de algún modo sabía que provenía de allí, pero no sabía cómo lo sabía. Para los yalitas era imposible imaginar quién era el extraño. Estaba tan cambiado que nadie, ni tan siquiera su propia madre, habría podido reconocerlo.

Tenía el pelo completamente blanco, los ojos hundidos bajo la frente, cojeaba, se le veía una cicatriz enorme en la mejilla y había perdido la lengua. Los alemanes se la habían cortado, así que tenía razones de sobra para guardar silencio.

Pasaron varias semanas, y la gente se acostumbró a él y dejó de preocuparse. El hombre no destacaba por nada salvo por su capacidad de tragar cantidades ingentes de aceite de hígado de bacalao. Por lo demás, continuó deambulando delante de su antigua casa sin saber por qué.

Comía la sopa de la Cruz Roja, que repartían a diario en el campo de refugiados, y allí dormía también. Los yalitas se habían encontrado con un pequeño misterio, y los misterios siempre son entretenidos. Además, a Yalós le hacía falta un nuevo loco del pueblo.

Empezaron a invitarlo en la taberna y a emborracharlo. Entonces se ponía muy contento y trataba de cantar. Era una cosa digna de ver. Abría y cerraba la boca como un pez que intenta tomar aire, el trocito de lengua que le quedaba al fondo de la boca parecía una almendra que estuviera intentando tragarse sin éxito.

Pero un día se resolvió el misterio. El hombre había bebido un montón de vino, se impacientó y se puso a rebuscar algo en los pantalones. Sacó una vieja fotografía arrugada.

En la imagen se veía a Yorgos Bocagrande con seis años sentado en el regazo de su padre, mientras que la madre estaba de pie a su lado. Había sido el tío Stelios el que la había sacado, y era una de sus mejores fotos. En cualquier caso, todos estaban en la fotografía, lo cual no era poco.

Gran revuelo en Yalós. Llamaron a Yorgos Bocagrande, además hasta lo indultaron, y reconoció inmediatamente a su padre.

—¡Él es el único que huele así! —dijo Bocagrande.

Padre e hijo volvieron a su antigua casa, pero Bocagrande tenía que seguir cuidando de las yeguas húngaras. Aunque ahora contaba con un sueldo y su padre le echaba una mano en el trabajo.

La madre de Bocagrande ya no vivía.

La ira del pueblo

La guerra se intensificaba cada día, al igual que el terror. Naturalmente, los más desprotegidos eran los presos y los refugiados. La mayoría de los refugiados eran sospechosos de simpatizar con los comunistas, de modo que al mismo tiempo que la Cruz Roja les daba sopa, los Hites hacían incursiones nocturnas en los campos, secuestraban hombres y mujeres, ejecutaban, torturaban. Pero sobre eso no decían nada en los informes de la Cruz Roja.

Por supuesto, las incursiones se anotaban en la cuenta de los partisanos, y la gente podía creer lo que quisiera. Los Hites, además, deformaban los cadáveres hasta tal punto que nadie los reconocía.

Otra táctica común eran los simulacros de revueltas en las cárceles. Provocaban a los presos para ejecutarlos después fríamente. La última vez dijeron que habían fusilado a veintiocho presos en una de esas revueltas en la cárcel de Esparta.

Antonia, la madre ave, estaba fuera de sí de angustia por la vida del maestro, así que decidió hacer la tontería más grande que podía hacer. Acudió al despacho de Dimitreas el Pequeño para hablar con él. El alcalde estaba de un humor excelente.

–¡Bueno, bueno! ¡Menudo honor! ¿Querría la mujer del maestro un poco de vainilla?

–No, gracias.

–¿Y un cafecito?

–¡No, gracias!

–Por favor, insisto. La primera vez que la mujer del maestro acude al alcalde... ¡Me deja desolado! ¿Qué dirá la gente? ¿Que el municipio de Yalós no tiene nada que ofrecerle a la mujer del maestro? ¿Quiere que la gente vaya diciendo esas cosas por ahí...?

–Lo cierto es que vengo a preguntar por mi marido...

–Ya... su marido, ¡el estimado maestro! Aquí entre usted y yo, el nuevo no es gran cosa, pero tiene una ventaja, que es que no es... cómo decirlo... poco fiable, desde el punto de vista de la nación, claro, no desde el mío, ¡desde luego que no!

–Quería preguntar si sabe algo de él. ¿Está vivo o...?

–Pues... no lo sé –dijo Dimitreas el Pequeño demorándose un poco, se echó hacia atrás y se rascó la entrepierna. Después prosiguió:

–Yo creo que en realidad está vivo. Nuestras cárceles son verdaderas residencias de mayores. ¿Es que no ha oído lo que ha dicho el ministro hace poco? ¿Que muchos comunistas están ingresando voluntariamente para sabotear la economía del Estado?

Era cierto. En efecto, Rentis, el ministro del Interior, se lo había dicho a los periodistas extranjeros.

–Ya ves, les dan una comida estupenda allí. ¡Carne tres veces a la semana! ¿Cree que yo como mejor?, ¡si además tengo una úlcera! ¡Se lo juro! En mi familia comemos carne sólo dos veces a la semana, y eso no es carne, son caballos de Argentina. Así que, ¿por qué está preocupada? ¿Ha estado enfermo el estimado maestro últimamente? Porque yo he oído que hay una epidemia por allí, y que muchos han tenido, pese a nuestros esfuerzos, han tenido que... cómo decirlo... emigrar, sí, eso es, han tenido que emigrar con nuestro Señor. Pero otra cosa no he oído. Bueno, sí, espere, hablaban de un maestro, pero ¿sería su marido? No, no lo creo. Hay tantos maestros ahora mismo en nuestras instituciones, están repletas de ellos...

Dimitreas el Pequeño volvió a hacer una pausa y esta vez se rascó la axila. Entonces se inclinó hacia delante y preguntó:

–¿Es posible que se haya arrepentido? ¿Tal vez una vainilla con agua bien fresquita?

–O sea ¿que no sabe nada de él?

El alcalde se quedó en silencio un momento. Después volvió a reclinarse.

–¡El alcalde lo sabe todo! No lo olvides, ¡todo! Pero ¡lo que puedes saber tú depende de lo que estés dispuesta a hacer!

Dimitreas el Pequeño había empezado a tutearla y eso era peligroso. Antonia se puso pálida. Se levantó y se dirigió hacia la puerta. Estaba asustada y furiosa. A la altura de la puerta se detuvo, se giró hacia Dimitreas y abrió la boca para decir algo, pero se arrepintió, se volvió de nuevo y salió.

El alcalde se había puesto de muy buen humor. Se frotaba las manos y decía para sí:

–¡A esta viuda roja la pienso catar yo!

Dimitreas el Pequeño pertenecía a una categoría de personas que son tan torpes de mente que tienen que contarse a sí mismos lo que piensan hacer, de lo contrario nunca llegan a entenderlo.

Volvió a rascarse la entrepierna.

Antonia llegó a casa temblando como una hoja de álamo. Era la primera vez que se asustaba de verdad. Recordaba lo que le había dicho el maestro.

–A mí no me dan miedo los alemanes. ¡Sino los griegos!

Ahora él se encontraba en manos de los griegos, como ella. Tenía que hacer algo. Acudió a su padre. Su único consejo fue que abandonaran Yalós. Pero ¿dónde iban a meterse? Aquello era su hogar, allí había tenido a sus hijos, allí había nacido ella. Allí estaban todas las personas que significaban algo para ella, que hacían que su vida fuera humana.

De todos modos, el tío Stelios decidió quedarse a dormir en su casa durante un tiempo. Esa misma noche, Dimitreas el Pequeño ordenó a sus hombres que pintaran un eslogan provocativo en la casa del maestro: «Abajo los fascistas».

Eso le daría motivo para interrogar a Antonia, a ella le quedaría claro hasta dónde llegaba su poder. Pero el tío Stelios era un hombre mayor y tenía el sueño ligero.

Oyó que estaba pasando algo fuera, se levantó, cogió la escopeta de caza que la familia había heredado de la bisabuela y luego abrió la ventana, dio un par de tiros mientras gritaba con todas sus fuerzas:

—¡Al ladrón! ¡Al ladrón!

Cuando se trataba de darle caza a ladrones, los yalitas no eran nada cobardes. Salieron corriendo de la cama y emprendieron la persecución. Fue una noche divertida a la vieja usanza, en la que los yalitas unieron fuerzas para cazar zorros.

No consiguieron atrapar a ningún ladrón, pero daba igual, como deporte consideraban la caza del ladrón infinitamente más divertida que el fútbol o los juegos de mesa.

Pero, de todas formas, tanto Antonia como el tío Stelios habían entendido el mensaje del alcalde.

La batalla de Yalós

El otoño de 1947 el gobierno controlaba todo el Peloponeso. Sólo había grupos reducidos de partisanos que podían seguir operando en esas comarcas.

Uno de esos grupos era el del Rayo. El gobierno había prometido una gran cantidad de dinero a aquel o aquellos que mostraran la cabeza cortada del hijo del pastelero. Dimitreas el Pequeño y sus hombres estaban siempre tras él. Gendarmes, soldados y el Ejército Nacional estaban siempre tras él. Pero El Rayo burlaba a sus perseguidores una y otra vez. Aparecía cuando nadie lo esperaba, asaltaba cuarteles y puestos de avanzadilla, aterraba a pueblos monárquicos y después volvía a desaparecer.

Su grupo no era muy grande. Alrededor de veinticinco hombres, y algunos eran niños, Jristos el Negro se contaba entre ellos. Los niños eran los que habían asumido la lucha por una nueva Grecia.

Por supuesto, la propaganda del gobierno afirmaba que esos niños estaban en La Montaña contra su voluntad, que los habían secuestrado, pero no era cierto. Los niños estaban en La Montaña porque habían visto cómo habían traicionado la lucha de sus padres, cómo Grecia había perdido la libertad que tanto había costado. Los niños se habían dado cuenta de que, si ellos mismos no continuaban la lucha, lo que sus padres habían ganado se perdería para siempre.

El Ejército Democrático era en su mayoría un ejército muy joven. Los reporteros extranjeros que habían conseguido contactar con sus unidades no daban crédito a lo que veían cuando observaron cuánta gente joven, muy joven, se les había unido, y la habilidad con la que combatía.

Pero el cerco se fue cerrando en torno al Rayo y su grupo. El final no llegó de forma inesperada. Un pastor que pasó de casualidad por el escondite del grupo llevó allí a los gendarmes y a Dimitreas el Pequeño.

El Rayo trató de negociar. La situación era desesperada.

–Yo me rindo si prometes dejar que los demás se marchen.

–¡No pienso prometer nada!

Dimitreas el Pequeño ya había prometido demasiado en otra ocasión. Esta vez estaba decidido a atrapar al Rayo, vivo o muerto.

–¡Pues entonces ven y tírate un pedo en mis cojones! –respondió El Rayo, probablemente había repetido con algunas variaciones la réplica que Leónidas, el antiguo rey espartano, había pronunciado en la batalla de las Termópilas dos mil años atrás. Leónidas, al igual que El Rayo, había perdido la batalla por una traición.

Los gendarmes y los Hites cargaron, pero los partisanos se habían atrincherado muy bien y pudieron apuntar con tranquilidad. Los atacantes tuvieron dos muertos y cuatro heridos. El combate duró todo el día sin que ninguna de las partes consiguiera nada.

Dimitreas el Pequeño y los gendarmes se retiraron. El Rayo ordenó a sus hombres que trataran de huir del cerco al abrigo de la oscuridad. Uno a uno, los partisanos fueron escapando de los gendarmes y los Hites.

El Rayo se quedó. Lo habían herido varias veces durante la batalla. Comprendió que no podría salvarse. Decidió permanecer allí y cubrir a los demás.

A la mañana siguiente, los perseguidores volvieron a cargar. No sabían que estaban luchando contra un solo hombre y ¿cómo iban a saberlo? El Rayo resistió todo el día y volvió a caer la noche.

Había perdido mucha sangre. Estaba agotadísimo y sediento. Abajo, a lo lejos, podía ver el temblor de la luz eléctrica de Yalós. Los atacantes estaban tan cerca que podía oír su conversación. No tardaría en morir. Lo sabía. Pensó en los demás que se habían marchado y ahora estaban a salvo, y sintió cierto orgullo.

Mientras tanto, Yalós bullía de actividad. Los yalitas no sabían nada del desenlace del combate. Muchos estaban embalando cuanto tenían y se marchaban en carros tirados por burros, y los que podían se llevaban hasta las gallinas y las ovejas. Todos estaban huyendo de Yalós.

El pánico aumentó cuando los Hites llegaron al pueblo con sus dos compañeros muertos y dejaron los cadáveres en la plaza, para que todos pudieran ver a los héroes que habían caído en la lucha por una patria libre de comunistas.

Las madres de los muertos y de los heridos lloraban y gritaban y maldecían a los comunistas y exigían venganza. Pedían la cabeza del Rayo en una bandeja. Pero la cabeza del Rayo seguía en su sitio, así que los Hites dirigieron su furia hacia los refugiados.

Atacaron el campo, fueron arrasando hasta que le prendieron fuego a las tiendas y otras viviendas provisionales. Los refugiados, que ahora sí que buscaban refugio, iban corriendo como ratas, los niños lloraban, las madres aullaban, y algunos hombres se volvieron completamente locos.

Atacaron Yalós y saquearon las tiendas, rompieron cristales, destruyeron todo lo que pudieron destruir sólo con los puños.

El tío Stelios comprendió que el fin de Yalós estaba cerca. Comprendió que el barco estaba en llamas y que había que abandonarlo cuanto antes.

Recogió a Minos y a Antonia, metieron lo esencial en un par de maletas y escaparon de Yalós en dirección a la granja de Pedro el Santo, para después continuar hasta el puerto.

El tío Stelios había convencido a Antonia. Ya sólo les quedaba una posibilidad: Atenas. Era mejor marcharse a una ciudad grande. Tenían un pariente lejano en Atenas. Quizá pudieran vivir con él al principio. Después ya encontrarían una solución, de alguna forma saldrían adelante.

Llegaron a Pedro el Santo hacia el alba. Podían oír que la batalla había vuelto a comenzar. Oyeron los disparos, vieron un camión con gendarmes dirigirse a Yalós a toda velocidad.

No se atrevían a continuar con el viaje a la luz del día. El tío Stelios los dejó en la granja y regresó a Yalós. A fin de cuentas, Maria la Santa seguía allí.

Cuando llegó al cruce vio un cadáver sin cabeza colgando del castaño. En Yalós estaban celebrando a lo grande. Los gendarmes y los Hites habían tumbado la «revuelta» de los refugiados. Pero eso no era lo principal.

Por fin habían atrapado al Rayo. Su cabeza, ensartada en un pincho largo, relucía oscura en medio de la plaza. Tenía los ojos abiertos de par en par, la barba roja de sangre.

Yalós parecía un campo de batalla, pero los Hites estaban de celebración. Les habían dado un anticipo por la cabeza del Rayo. Pero estaban celebrando demasiado pronto.

Jristos el Negro no podía permitir que El Rayo muriera sin vengarlo. El Rayo había sido como un padre para él, el único padre que había tenido. Jristos el Negro no había sentido miedo en la vida.

Cuando El Rayo les dio órdenes de que huyeran, sabía que él se quedaría allí. Sabía que El Rayo iba a morir, y la sola idea le dolía en el alma.

No volvió a subir a la montaña para esconderse. Al contrario, se llevó a otros dos hombres y se escondieron a las afueras de Yalós.

Cuando los Hites y los gendarmes estaban celebrando a más y mejor, Jristos el Negro, al que después llamarían Jristos el Maligno, volvió a entrar furtivamente en Yalós.

Antonia y Minos se despertaron con una explosión muy violenta. Subieron corriendo una colina, la misma colina desde la que Antonia miraba cuando esperaba al maestro. A la primera explosión siguieron varias. Jristos el Negro había conseguido prenderle fuego al almacén de gasolina del ejército. Unas llamas gigantescas se alzaban hacia el cielo e iluminaban Yalós.

Madre e hijo se quedaron en la colina el día entero. No se dijeron gran cosa. Antonia, la madre ave, pensaba en su marido, pensaba en sus hijos, en sus padres que ahora se encontraban en medio del incendio.

Minos pensaba en su padre, en sus hermanos, en Rebeca, en la banda. A Rebeca no la vería nunca más, nunca volvería a hablar con ella, nunca más volvería a acariciarla.

Soplaba un viento fresco del mar, hacía un poco de frío, madre e hijo se abrazaron. Por la mañana tomarían el barco a Atenas. Nadie los esperaba allí. Sólo la tumba de Stelios.

Y Yalós estaba en llamas.

Índice

TODO AQUELLO QUE QUEDÓ

LA VICTORIA PERDIDA